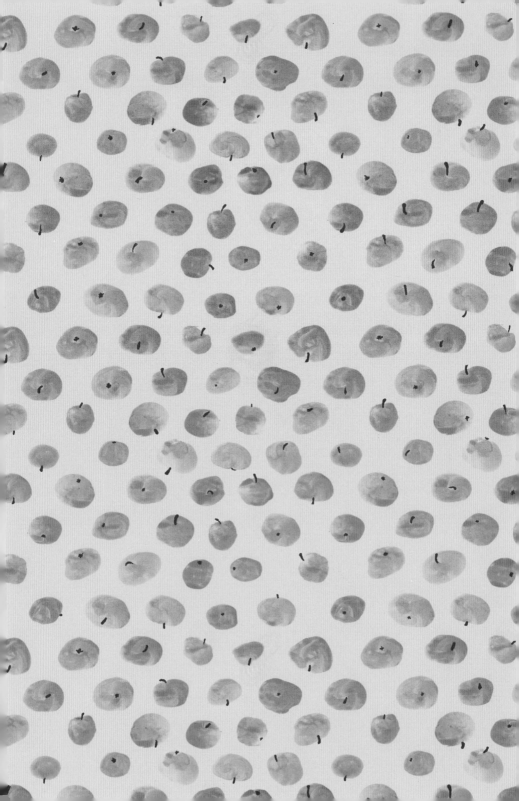

사유
思惟

# 사유

思惟

이도형 지음

**다연**
DAYEONBOOK

책을 내며

　오래전부터 이 책 저 책을 두루 읽으며 독서가 주는 개안開眼의 묘미에 흠뻑 빠져들었습니다. 그런데 언제부턴가 읽은 책이 늘어나는 게 부담스러워지더군요. 방대한 책 읽기의 결과물이 쉽게 손에 잡히지 않아 슬쩍 불안하기도 했습니다. 읽은 책이 늘어남에 따라 마음의 키가 커지고, 사고의 깊이가 깊어지고, 판단의 정확성이 실제로 늘어났는지 알 길이 없었습니다.

　아주 가끔이긴 하지만, 개인적으로 중요한 순간에 올바른 결정을 내리기도 했고, 도움의 말을 기다리던 누군가에게 조언 비슷한 것을 전해주려 노력했던 순간도 기억납니다. 사람 사는 데는 직선뿐 아니라 곡선의 흐름도 중요하고, 어쩌면 살아가는 데에서 직선보다는 곡선의 방책이 더 효과적인 것도 조금씩 알게 되었고요.

　나이 먹은 탓도 있지만, 이 모든 것이 다 책 읽기의 결과물이고, 그런 점에서 독서가 저의 삶에서 큰 의미를 차지함을 부정할 수는 없지요. 그러나 책 읽기만의 허망함을 달래기 위해선 독서에서 한 발 더 나아가지 않을 수 없었습니다. 즉, 그동안 읽은 것들의 느낌과 또 길을 걸으며 생각의 나래를 펴본 흔적들을 깊이 있는 사유의 출발점으로 삼아, 우리네 세상살이에 의미 있는 삶의 문법 혹은 삶의 나침반을 찾아보는 글을 써서 사람들과 공유해보는 게 좋겠다는 생각이 부쩍 든 것이지요.

이 책에는 그간 좋은 책들을 읽은 소중한 느낌과 길을 걸으며 세상사에 대해 개인적으로 궁구해본 사유의 흔적들이 담겨 있습니다. 즉, 세상살이나 사회 현안에 대한 저의 생각을 '두 글자의 사유'라는 생각 틀에 담아 오래 숙성시킨 뒤 그 두 글자들을 키워드로 삼아 우리가 좀 더 멋진 삶을 사는 데 도움될 만한 삶의 문법들을 펼쳐보았지요. 한마디로 이 책은 한 중년 남자의 삶의 내면 풍경을 잔잔한 문체로 스케치해본 에세이집입니다.

1장에서 5장까지는 세상을 살아가며 개인적으로 느낀 일상의 기쁨이나 가족 사랑 이야기, 고달프지만 의미 충만한 학문생활에 대한 소회, 또 부족하나마 세상살이에 대한 저의 통찰을 담아본 퍼스널 에세이입니다. 특히 3장은 미국 오리건주의 유진Eugene에서 1년간 연구년을 보내며 느낀 외국생활의 단상들입니다.

6장에 9장까지는 사회 문제, 정책 문제, 직장 문제, 생태 위기 등 우리 모두가 직면한 사회 현안을 풀고자 정책적 상상력을 발휘해본 오피니언 에세이에 가깝습니다. 그중 몇몇 글은 저의 책《우리들의 정부》에 일부 소개되기도 했지만, 이번에 글 체제와 문체를 크게 바꾸고 내용도 보강하여 새롭게 꾸며보았습니다.

두 글자로 된 단어들을 대상으로 사유하면서 지금까지의 제 삶을 성찰하고, 앞으로 살아갈 방법을 궁구해보는 그런 시간들이 소중해짐을 다시금 느낍니다.

"나는 쓴다. 고로 존재한다"라고까지 거창하게 말할 것은 없습니다. 그저 좋은 책을 읽고 길을 걸으며 생각의 나래를 펴본 흔적들을 두 글자의 사유라는 제 생각 틀에 담아내 숙성시킨 글들……. 그것들이 저의 하루를 의미 있게 해주고, 그 의미 있던 하루가 주변 분들이 멋진 삶의 내면 풍경화를 그리는 데 티끌만큼이라도 도움이 되었으면 합니다. 그러한 바람으로 뭔가를 계속 사유하고 써내면서 삶의 문법을 찾는 하루하루를 지속적으로 만들고 싶습니다.

　이 책에 담긴 두 글자로 사유하기와 그 결과물인 삶의 내면 풍경화가 이 풍진 세상을 살아가는 사람들에게 다소나마 디딤돌 구실을 한다면, 그래서 우리 모두가 굿 라이프행 열차에 오르는 데 조금이나마 도움이 된다면 더 큰 기쁨이 없겠습니다.

　사유라는 도화지 위에 그려진 삶의 내면 풍경들을 마음껏 감상하시고, 그 속에 살짝 숨겨진 삶의 문법들을 같이 찾아보는 자리에 여러분을 기쁜 마음으로 초대합니다.


2017년 초여름날에

이도형

# 목차

일
상

EVERY
DAY

# 일
# 상

2015

봄에는 시간이 참 빨리 흘러갑니다. 주변의 풍광도 하루가 다르게 변해갑니다. 어제만 해도 누런색이 가득하던 천변의 둔덕이 어느새 연두색 옷으로 갈아입었네요.

꽃들은 하루가 멀다 하고 아예 시시각각으로 변합니다. 성질 급한 놈들은 불과 몇 시간 만에 화들짝 피어오르고 화색도 완연해집니다. 봄의 전령인 꽃들의 만개 속에서 계절의 변화를 실감합니다.

변해가는 세상 풍경만큼 우리의 일상도 어김없이 흘러가지요. 주변의 일들이 복잡하고 바짝 꼬이기만 할 땐, 우리의 하루는 거센 풍랑을 만난 배처럼 격하게 흔들리며 떠밀려 갑니다.

다행히도 매일매일이 거친 풍랑을 만난 배의 처지만은 아니지요.

어느 날은 따스한 햇볕의 축복을 받으며 내가 마음먹은 대로 하루 일들이 질서 있게 착착 진행되기도 하지요. 그런 날은 시원한 저녁 바람을 맞으며 여유로운 퇴근길을 즐길 수도 있지요.

프란츠 카프카는 말했습니다. "우리의 일상은 우리가 가진 인생의 전부다"라고!

일상이 하나하나 모여 우리의 인생이 되는 것입니다. 바짝 꼬인 채 속절없이 보낸 날도 우리의 인생을 이루는 의미 있는 하루이고, 따뜻한 햇볕과 시원한 바람 속에 질서 있게 마감한 하루도 우리 인생을 수놓는 또 하나의 일상입니다. 그런 일상들이 긴 세월 동안 쌓이고 한곳에 모아져 우리 인생이 완성되는 것이겠지요.

그러니 조바심 내면서 앞날을 당겨 지금부터 미리 걱정할 필요는 없겠지요. 실수의 연속이었던 어제를 후회 가득한 마음으로 한탄만 하며 앉아 있을 필요도 없지요.

인생은 일엽편주—葉片舟! 어떤 모양으로 시작되고 어떤 결과로 끝나든, 그저 주어진 하루의 몫에 성실히 대응하면 됩니다. 힘겨운 하루였으면 저녁의 한잔 술로 자신을 위로하고, 하루의 스케줄을 멋지게 소화한 운運 좋은 날은 퇴근길의 신나는 발걸음을 한껏 즐겨보는 것입니다.

물론 일신우일신日新又日新처럼 어제보다 나은 오늘, 어제보다 아름다운 오늘의 일상을 기획해보려는 한결같은 마음이 전제되어야겠지요. 그런 일심—心으로 어떤 날은 힘든 일상을 묵묵히 견디어내고 또 어떤 날은 멋진 일상을 설계하고 즐기다 보면, 언젠가 인생의 뒤안길에서 "내 삶도 썩 괜찮은 인생이었다"라고 스스로 말할 날이 오겠지요.

# 산
# 행

**2011**

강남 번듯한 곳에 집을 살 목돈이 없기도 하지만, 여하튼 제가 집을 고르는 가장 중요한 기준은 '집이 얼마나 산 옆에 있는가?'입니다.

집이 산 옆에 있어야 자주 올 수 있기 때문입니다. 그래야 제가 산 속에 들어가 있는 시간을 늘릴 수 있지요. 산행하고자 버스를 타고 택시를 타서는 산에 자주 갈 수 없습니다.

산은 제게 무엇일까요?

산은 한껏 배부른 배를 쉬이 꺼지게 해주는 헬스 코치입니다.

산은 까칠한 저의 성품을 살살 달래 누그러뜨려 주는 마음의 안마사입니다.

산은 그래서 심신의 평안함을 도모해주는 또 하나의 집입니다. 아니, 현실의 집보다 더 제 몸과 마음을 맑게 닦아주는 세탁소입니다.

그래서 산행은 늘 설렙니다. 뭔가 번민의 실타래를 길게 풀어야 할
때, 산에 들어가면 많은 경우 그 해결의 실마리를 하나는 붙잡고 내려
올 수 있습니다.

세상사가 잘 풀려 제가 좀 우쭐할 때면, 산은 저를 넌지시 불러내 혼
냅니다. 그래도 정신을 못 차리면 조금 몸을 다치게 하여 마음의 눈으
로 겸허의 징검다리를 보도록 만듭니다. 그제야 저는 허겁지겁 낮은
데로 임하며 그 징검다리를 오래 들여다봅니다.

어느새 저는 산꼭대기에 처하려는 등산보다는, 산에 난 숲길을 평
안한 마음으로 꾹꾹 다지며 걷는 산행 마니아가 되었습니다.

# 사
# 진
# I

2011

나이 50을 넘기면서 인생 이모작을 준비하기 위해 적절한 취미생활을 찾던 중 DSLR 카메라를 하나 사서 사진 찍기를 시작했습니다. 처음엔 원하는 만큼 사진이 잘 찍히지 않아, 애써 장만한 카메라의 성능이 형편없다며 기계 탓만 했습니다. 한참 나중에야 아직 사진을 찍는 마음 자세나 의미 있는 피사체를 찾아내려는 진지함도 없으면서 카메라 탓만 하는 못난 저 자신을 발견하고는 엄청 부끄러웠습니다.

어느 날 저녁, 아파트 앞 베란다의 한 화분 안에 예쁜 꽃 하나가 신기하게 피어 있는 것을 우연히 발견하고 무작정 카메라 셔터를 눌러보았습니다. 카메라에 담긴 꽃의 이미지 파일을 컴퓨터로 전송해 열어보니, 그 꽃은 생각 이상으로 훨씬 예쁘고 고혹적이었습니다.

예상 밖의 아름다운 자연과 조우한 후부터는 주말을 이용해 카메라를 메고 인근의 산이나 들, 시내 고궁이나 멋진 건물이 있는 도심과 이면의 골목길 등을 찾아다니며 무작정 많은 사진을 찍었습니다. 그런 제가 안쓰러웠는지 아니면 조금은 기특했는지, 자연은 자신의 아름다운 자태를 가장 멋진 포즈로 보여주었습니다. 또 자신의 본질을 유감없이 드러내주었습니다. 저 또한 그런 자연의 본질을 있는 그대로 담는다는 자세로 사진을 찍고 또 찍었습니다.

그러면서 사진이라는 것이 카메라 성능과 찍는 기술보다는, 피사체의 본질을 꿰뚫어 보고 그것이 우리에게 주는 생래적 의미를 있는 그대로 정직하게 담아내는 마음 씀의 영역임을 몸으로 알게 되었습니다.

그런 생각에 힘입어 사진 찍기가 어언간 저의 가장 큰 취미가 되었는데, 사진을 찍으며 얻게 된 개인적 소회를 몇 가지 말해보고 싶습니다.

사진 찍기는 건강한 육체노동입니다. 카메라를 메고 나가면 최소한 예닐곱 시간은 걷게 됩니다. 그러나 사진 찍으며 큰 무리가 가지 않게 자연스레 발걸음을 옮기는 것은 직립보행 동물인 사람이 할 수 있는 가장 부담 없고 몸에도 좋은 운동입니다.

사진 찍기는 찍는 이의 눈을 즐겁게 해주는 세상의 라이브쇼 구경이기도 합니다. 예닐곱 시간 동안 좋은 것과 의미 있는 것만 찾아내 들여다보려 하니 제 눈이 무척 호사를 누립니다.

사진 찍기는 마음공부의 시간입니다. 의미 있는 것을 찍기 위해 열심히 무언가를 찾다 보면 머릿속의 잡념이 사라지고 사진 촬영에만 몰두할 수 있습니다. 그래서 마음공부에도 좋은 것이 사진 찍기입니다.

# 음악

**2015**

아침에 눈을 뜨면 습관처럼 라디오 FM을 켭니다. 하루를 음악으로 시작하는 셈이지요.

학교 연구실에서나 집 공부방에서 인터넷 라디오 혹은 오디오 시스템을 이용하여 특별한 일이 없으면 하루 종일 음악을 듣는 편입니다.

팝송, 가요, 클래식 등 장르도 가리지 않습니다.

음악을 들으며 강의 준비도 하고 잡문雜文을 매만지거나 논문이나 책 쓰는 작업을 합니다. 물론 자료 정리, 사진 정리를 할 때도 제 주변에선 음악의 선율이 그치지 않습니다.

예전엔 운동이나 산책할 때도 음악을 들었지만 요즘은 귀에 부담도 되고, 무엇보다 자연의 소리를 듣는 것이 더 좋아서 운동 혹은 산책할 땐 음악 듣기를 잠시 자제합니다.

그렇지만 제가 눈떠서 잠자리에 들 때까지 오랜 시간 제 귀에 멜로디가 늘 흐르는 점은 분명합니다. 운동할 때 들리는 물소리, 새소리, 바람에 나뭇잎이 춤추는 소리도 다 자연이 만들어내는 멋진 선율이니까요.

저는 음악과 함께 생활하는 이런 삶의 방식에 매우 감사해합니다. 공부하기와 글쓰기가 참 고단하고 외로운 작업인데, 어서 힘을 더 내라고 위로해주는 음악이 참 고맙습니다.

이런 습관 덕분에 저는 행복합니다. 자칫 메마르고 재미없는 일상이지만 주변에 다양한 음악이 흘러 저의 귀는 항상 즐겁습니다. 때로는 좋은 노랫말에 힘입어, 거친 제 마음이 조금은 순한 양의 마음으로 치유되는 듯합니다.

한 뮤지션의 생애를 바친 치열한 음반 작업 덕분에 제 마음은 평온해지고 제 귀는 아름다운 선율로 호강합니다. 그 덕에 제 삶의 지향점도 조금은 더 먼 곳을 가리킬 수 있게 되었습니다.

# 독
## 서
### I

2012

'아는 것이 힘이다.'

'나를 키운 것은 동네 도서관이다.'

한 인간의 성장에 지대한 영향을 미치는 독서의 힘을 강조한 말들입니다.

책을 읽음으로써 우리는 무지하고 부족했던 자기 자신을 겸허히 반성할 수 있습니다. 그래서 독서는 마음의 거울입니다.

책을 읽음으로써 우리는 세상으로 나아가는 올바른 길을 발견할 수 있습니다. 그래서 독서는 생의 나침반이요, 우리의 친절한 멘토입니다.

책을 읽음으로써 우리는 이 세상에 숨어 있는 진귀한 것들을 새롭게 발견하고 그것을 한껏 향유할 수 있습니다. 그래서 독서는 행복으로 가는 먼 길을 보여주는 망원경이기도 합니다.

책을 읽음으로써 우리는 세상사를 꿰뚫어 볼 통찰력을 얻을 수 있고, 세상살이하는 모든 존재의 아픔에 동참하는 감정이입 능력도 키울 수 있습니다. 그래서 독서는 세상의 이치를 키우는 마음의 지렛대이자 타인과의 연대를 도모하는 인간 띠 잇기의 한 부분입니다.

우리 모두 다 '책만 읽는 바보'이면 좋겠습니다. 그 바보들이 난공불락으로 여겨지는 못난 현실의 산들을 번쩍 들어 올려 저 먼 곳으로 옮겨버림으로써, 새로운 세상으로 나아가는 참된 길을 트는 데 앞장섰으면 합니다.

책을 많이 읽는 오늘의 바보들이 미래로 가는 큰길을 내는 우공이산愚公移山의 실천자가 될 날을 손꼽아 기다려봅니다.

# 결
# 정

2016

최근 어떤 결정을 앞두고 적지 않은 어려움을 겪었습니다. 8, 9년 앞을 내다보며 미리 방향을 잡아야 할 개인적인 문제가 하나 있었는데, 통제하기 어려운 앞날의 변수들이 많아 결정에 애를 먹었습니다.

이 방향으로 나아가려다 보면 저 문제가 걸리고, 그래서 다른 방향을 모색해보면 거기에 또 다른 함정이 보였습니다. 그 덕분에 방향을 쉽게 잡지 못한 채 며칠 마음만 바쁘다가 겨우겨우 한쪽으로 방향을 잡았습니다.

혼선과 번복에 따른 시간 지체도 문제였지만, 이럴까 저럴까 마음만 분주하다 보니 마음 한구석에도 제법 상처가 생긴 것 같습니다.

번복을 했지만 새로이 가고자 하는 방향에서 예기치 않은 또 다른 난코스가 뒤늦게 눈에 띄어 여전히 마음은 아립니다.

결정을 놓고 혼선을 빚으며 뒤늦게나마 한 가지 깨달은 점이 있다면, 앞날을 훤히 내다보고 모든 변수를 통제한 채 100퍼센트 확신에 찬 그런 '완벽한 결정은 애당초 불가능한 것'이라는 사실! 그것은 제가 얻은 또 하나의 평범한 진리였습니다.

세상사의 양면성이라고 할까요? 한 방향으로 나아가다 보면 반드시 그 결정에 따라 웃을 일과 걱정거리가 똑같이 생기지요.

완벽한 결정을 내리는 것이 이렇게 어려운데, 왜 우리는 매번 자신의 짧은 소견으로 모든 일의 편익과 비용을 일일이 따지고 계산하려 드는지 참 모를 일입니다.

어차피 지금의 결정이 낳는 미래의 예상 결과를 스스로 통제하기 어렵다면, 우선은 조금이라도 예상되는 미래의 긍정적 측면들은 꼭 실현되도록 지금부터 애쓰면 됩니다. 그리고 예견되는 미래의 부정적 측면은 크게 드러나지 않도록 사전에 예방하는 마음 자세를 굳건히 하는 담금질도 필요하겠지요.

공연히 마음만 분주한 채 우왕좌왕했던 요 며칠간의 고민 끝에 이렇게라도 마음 정리할 수 있었음을 다행으로 여깁니다. 이제 결정에 따른 미래의 기대치는 현실에서 꼭 이루어내고, 예상되는 문제점은 사전에 철저히 단속해 미리 막아보리라 조용히 다짐해봅니다.

# 창
# 조

2011

생각해보면 저는 꽤 비판적인 사람입니다. 세상의 사물과 사람들에 대해 부정적인 관점에서 보는 경우가 적지 않습니다.

물론 저의 호불호好不好 기준에 따라 제가 정말 좋아하는 특장特長을 지닌 사람들을 보면, 그들의 생각·의견·말투까지도 100퍼센트 수용합니다. 그러나 저의 못된 호불호 기준에 따라 불호에 해당하는 생각·습관·말투를 가진 사람을 만나면, 저는 그를 속으로 나무라다가 종종 그에 대한 비판의 말을 겉으로 표출하는 어리석음을 저지르고 맙니다.

남들도 똑같이 저에게 그럴 수 있다는 점을 잘 알면서도, 그래서 저도 누군가의 비판의 도마 위에 자주 오르는 생선 신세가 될 줄 알면서도 그 버릇을 쉽게 고치지 못합니다.

가만히 생각해보면 제가 남에게 비판만 하진 않고, 종종 비판과 더불어 "당신은 이렇게 저렇게 해야 한다"라는 대안을 나름대로 제시한 경우도 있었다는 생각이 듭니다.

그렇다면 그런 경우에는 진정으로 그에게 대안을 준 것일까요?

아무리 좋은 귀띔도 귀띔하는 방법이 상대의 수용 범위 안에 들지 않으면, 그저 시퍼렇게 날 선 칼날로만 느껴질 뿐이겠지요. 그런 점에서 보면 어쩌다 내뱉은 저의 한마디 훈수도 그저 훈장님의 입에 밴 무소용의 말이거나 아니면 병 주고 약 주는 식의, 그래서 결국 비판의 연장선상에 놓인 또 하나의 잔소리에 지나지 않을 수 있습니다.

요즘은 남에게 무엇을 얘기할 때 그 방법에 대해 후회하는 경우가 적지 않습니다. 말하는 방법의 한계에 자주 봉착하기 때문이지요. 비판의 건설적 내용과 더불어 비판의 메시지가 더 진정성을 갖도록 말하는 방법의 창의성이 요구되는 그런 상황에 자주 직면합니다.

'비판은 쉽고 창조는 어렵다'라는 말이 있습니다. '남 얘기하긴 쉬운데, 자기 얘기하긴 어려운 법이다'라는 말도 있지요. 비판은 남을 향해 하는 것이지만, 창조는 스스로 해내야 하는 것이기 때문이지요.

가장 효과적인 대화법은 상대방의 입장에 서서 문제를 바라보는 것이라는 생각이 요즘 부쩍 듭니다. 상대의 관점에서 그의 문제와 상황을 보면 제가 그에게 해야 할 말의 내용과 방법이 조금은 달라지겠죠. 역지사지易地思之하면 상대가 처한 상황을 피부로 체감할 수 있게 되고, 그러면 조금 더 쓸모 있는 문제 해결 방안이 그에게 전달될 확률이 높아지겠죠.

상대에게 긍정적 말투와 희망을 담은 메시지를 전달하는 데 익숙해지려면 어떻게 해야 할까요? 세상만사를 꼬인 눈으로 보기 쉬운 자신의 못된 마음을 꾸짖고, 남을 비판하기 전에 그의 입장에서 문제를 보고, 그의 역량 범위 내에서 문제 해결책을 전해주는 고독한 훈련이 필요하겠습니다.

이제야 '비판은 쉽고 창조는 어렵다'는 얘기의 뜻을 조금 알 것 같습니다. 결국 남에 대한 일방적 비판보다는 내가 먼저 변해야 상대방도 변하게 할 수 있다는 뜻 아닌가요.

저를 변화시키려는 창조적 고통이 있을 때, 비로소 저의 비판이 남에게 효용 있는 약이 될 것 같습니다.

# 새
# 해

2016

지난 두 달은 학생들을 가르치는 본업에 이것저것 가욋일까지 겹쳐 정신없이 보냈습니다. 몸담고 있는 대학에서 몇 년간 끌어온 박사 학위 논문 지도를 끝내야 했는데, 다른 대학의 박사 학위 논문 심사 요청까지 있었습니다. 게다가 몇몇 공공기관에 대한 평가 작업을 피할 수 없었고, 1년 내내 끌어온 책 마무리 작업을 연내에 끝내지 않으면 안 되는 압박감도 대단했습니다.

어울리지 않게 바쁜 일에 치인 덕분인지 감기를 늘 달고 살았고, 매해 겨울이면 어김없이 찾아오는 등과 어깨 부위의 둔중한 통증이 올해엔 더 빨리 재발했지요. 피로해서인지 들뜬 잇몸으로 밥을 먹다가 이도 상하고!

이제 바쁜 일을 다 마감하고 조금 정신을 차리니 새해가 다가와 있군요. 어리석지만 늘 그렇듯이 새해의 다짐을 또 해봅니다.

얄팍한 마음이지만 해가 바뀌는 세월의 경계를 이용해, 다시금 버려야 할 것과 채워야 할 것을 곰곰이 생각해봅니다.

일단은 버릴 것이 참 많네요. 참 지겹도록 저를 동반해온 제 못난 습관들을 버리자고 두 손을 또 모아봅니다.

급하고 불같은 이놈의 성격은 전혀 친하고 싶지 않은 존재인데, 늘 제 곁을 떠나지 않네요. 올해엔 이놈과 기필코 절교하고 싶습니다. 그러기 위해 다시금 마음 독하게 먹어야겠지요.

채워야 할 것도 많지만 언제나 욕심만 부릴 뿐 실제로 채운 것은 없었지요. 이번만큼은 평상심 같은 것을 꼭 제 마음속에 채워 넣고 싶습니다.

채워야 할 것만 생각해선 안 되겠네요. 나이에 걸맞게 제가 챙겨야 할 것들이 새삼 큰 몫으로 다가옵니다.

식구와 친지들의 힘겨운 마음을 챙겨주고, 제가 가르치는 학생들의 꿈이 현실이 되도록 그들의 갈 길을 잘 챙겨야겠지요.

그러고 보니 올해도 해야 할 일이 참 많네요. 그 일들을 다 해낼 수 있도록 개인적으로 버려야 할 것은 잘 버리고 채워야 할 것은 역량껏 채워 넣어야겠습니다. 그렇게 챙겨야 할 일들에 빈틈없도록 매사에 성실로 다가설 것을 조용히 다짐해봅니다.

# 텃
# 밭

**2016**

10여 년 전쯤 아내의 권유로 아이들과 같이 주말농장을 시작했습니다. 서울에서만 자란 도시 촌놈이 안성댁(아내의 고향은 경기도 안성)의 농사짓기 지도하에, 해마다 봄에는 씨를 뿌려 채소를 거두어 먹고 초가을에는 배추와 무를 심어 김장 문제를 해결해보았습니다.

어설프기 짝이 없지만 그래도 도시 촌놈이 매년 텃밭을 일구며 몸으로 배운 것은 바로 정직이라는 가치입니다. 텃밭은 그해에 제가 찾아가 물 주고 풀 뽑고 거름 준 회수에 정확하게 비례해 농사짓는 기쁨과 수확물을 주었습니다. 땅은 제가 게으르면 가차 없이 게으른 배짱이 취급을 하며 맛난 채소를 아주 조금만 주었고, 제가 개미같이 부지런을 떤 해에는 풍성한 먹을거리를 듬뿍 선사해주었습니다.

텃밭을 가꾸며 제일 기뻤던 때는 엄청 자라서 크기가 한 아름이 된 배추 더미와 무 다리처럼 탄탄해진 김장 무를 밭에서 쑥쑥 뽑아 올릴 때였습니다.

늦가을 작물을 수확해 차에 싣고 와, 밤새 무를 썼고 배추를 다듬어 소금물에 절인 뒤, 겨우내 먹을 우거지도 만들고 무청으로 시래기도 만들어 아파트 뒷 베란다에 걸어놓으면, 서투른 농사일로 파김치가 된 몸보다는 뭔가 노력해 땅에게서 수고를 인정받았다는 기쁨이 저를 더 행복하게 했던 것 같습니다.

유기농 재배인 탓에 배춧속이 덜 차고 벌레도 먹어 이파리에 구멍이 숭숭 뚫렸지만, 언제나 배추 잎은 연하고 무는 달았습니다. 수확량은 적지만 땅이 준 소중한 것인 만큼 늘 감사하는 마음으로 달게 먹었습니다.

어느새 봄이 또 찾아왔습니다. 새로 이사를 온 덕분에 집에서 더욱 가까워진 텃밭으로 얼른 달려가 땅이 주는 선물을 감사히 듬뿍 챙겨 와야겠습니다. 그러기 위해선 정직이라는 가치를 마음속에서 절대 놓쳐선 안 되겠지요.

# 불빛

**2017**

밤에 집 인근의 공원으로 산책을 나갔습니다.

인적이 드문 탓에 공원에는 그저 휑한 느낌만 가득했고, 그래서인지 공원 군데군데 서 있는 가로등 전등갓을 따라 점점 각도를 넓게 하며 퍼져나가는 가로등 불빛이 그 존재감을 더해갔습니다.

한밤의 대기를 빨아들이는 가로등 불빛의 강렬함에 취한 탓일까요? 혹여 우리가 한여름 밤 저 불빛을 향해 달려드는 불나방 같은 신세는 아닐까 하는 생각이 불현듯 들었습니다.

돈과 권력을 가졌기에 남의 삶에 절대적 영향력을 행사할 수 있는 실력자 밑으로 알아서 기어들어가는 우리의 나약한 모습이 저 불빛 속으로 뛰어드는 불나방의 맹목적 몸짓과 흡사하진 않을까 자성自省

하게 됩니다.

그러나 가로등 불빛에 점점 가까이 다가가면, 그래서 이윽고 불빛 바로 아래 서면, 먼 곳에서 가로등을 바라볼 때 전등갓의 불빛으로 구분되던 세상의 명암은 오간 데 없고 휘황찬란한 불빛의 강렬함으로 인해 가로등 주변의 밝은 것들만 눈에 들어옵니다.

불빛 덕분에 가로등 아래의 화려한 것들만 눈에 확 띌 뿐 저 멀리 어둠 속에 처해 있는 많은 것은 잘 보이지 않았습니다.

가로등 불빛 바로 아래에 서면, 권력자 곁에 있기에 나도 권력 한 자락 행사할 수 있는 높은 자리에 앉은 듯한 착각에 빠지기 쉽습니다.

배우 한석규는 한 방송국 연말 시상식 수상 소감에서 '무엇이든 그려서 채워 넣을 수 있는 하얀 도화지'보다는 '작은 별들을 빛나게 해주는 밤하늘' 같은 존재로서 사람의 도리를 해석해냅니다.

밝은 면만 보고 무작정 불빛 속으로 뛰어드는 불나방보다는 비록 어두운 음지이지만 사람의 도리를 다하기 위해 자기 양심의 횃불을 스스로 밝히며 묵묵히 걸어가는 존재, 때로는 도움의 손길을 필요로 하는 이들에게 마음의 등불을 비춰주는 존재, 그런 사람다운 존재가 되어야 함을 넌지시 알려주는 가로등 불빛 아래서 한참 서 있었습니다.

가
족

# FAMILY

# 부부

2011

가만히 생각해보니, 오랜 결혼생활 동안 아내와 적지 않게 다투었던 기억이 납니다. 아이들 교육 문제, 양가 부모님 모시는 문제, 집안일 분담 문제 등을 놓고 서로 힘겨루기를 했지요.

돌이켜보면 대개는 한 번만 더 참았으면 다투지 않고도 이심전심으로 해결할 수 있는 그런 일들이 많았던 것 같습니다. 그런데도 다투었으니, 참 바보 같다는 생각과 함께 후회도 많이 됩니다.

지금까지 20여 년을 같이한 삶, 앞으로의 동반 여생은 얼마나 될지 저도 모르고 아내도 모르고 아무도 모릅니다. 앞으로 40년이 될지, 단 몇 달이 될지 누가 알겠습니까?

동반 여생의 길이를 그 누구도 예측할 수 없는 무지의 베일 속에서 우리 인생은 서로 좋은 얼굴, 좋은 모습만 보여주기에도 짧습니다.

이제부터는 집안에 있다가 아내와 뭔가 다툴 일 비슷한 것이 생기면, 일단 집에서 나와 한참 바람을 쐬다가 들어가야겠습니다.

아내랑 힘겨루기를 할 일이 밖에서부터 떠오르면, 집에 들어가는 시간을 일부러 조금 늦추겠습니다. 귀가를 늦추고 걸어가는 사이, 성난 제 얼굴은 다스려질 것입니다. 모난 성격도 시원한 봄바람 속에 많이 누그러질 수 있겠죠.

그래도 가끔은 옹졸한 마음에 모난 돌이 정釘 맞을 수도 있겠죠. 그럴 땐 박영희 시인의 시 '접기로 한다'처럼 옹색한 마음 지그시 접어볼 일입니다. '새도 날개를 접어야 둥지에 들 수' 있으니까요.

# 사
# 랑

2015

5월이 되니 '어버이날', '스승의 날' 등 챙겨야 할 날들이 참 많습니다.

한편으로는 사랑이라는 단어에 대해 다시금 생각해볼 시간도 많아집니다.

어버이와 스승은 저를 가장 잘 아는 분들이며, 지금까지의 제가 있기까지 가장 큰 영향을 끼치신 분들이지요.

마른자리, 진자리 마다하지 않으시고 저를 길러주고 일깨워주신 부모님. 공부와 사람됨의 측면에서 음으로 양으로 큰 가르침을 주신 스승님.

그분들은 아무런 바람도 없이 저에게 모든 것을 주셨고, 저는 그분들께 항상 받기만 했습니다.

젊은 날엔 "저도 이젠 머리가 굵어졌다"며 그분들의 가르침에 가끔 무언의 시위도 했지만 대개는 이내 돌아서서 미련하다 후회하며 가슴만 아프게 쓸어내렸습니다.

이제 저에 대한 그분들의 사랑이 헛된 것이 되지 않도록 저도 제 아이들과 학생들에게 모든 것을 다 주어야 할 텐데요.

'사랑은 정직한 농사. 이 세상 가장 깊은 데 심어 가장 늦은 날에 싹을 보느니.'

언젠가 인사동 화랑에 전시된 한 서예 작품에서 본 글귀입니다.

글귀를 보는 순간 부모 자식 간 혹은 스승 제자 간에 사랑의 뜻과 그 뜻을 이루기까지 겪게 되는 곤란과 수고로움을 가장 잘 담아낸 말이 아닐까, 하는 생각이 들었습니다.

사랑은 인내이자 끝없는 투자입니다.

사랑은 한없는 기다림입니다.

사랑은 과정이 분명해야 뒤늦게 얻게 되는 소중한 결실입니다.

철학자 엄정식의 말처럼 '내가 지금까지 애써 달려온 바로 이 자리에서 자식과 학생들이 출발할 수 있도록' 그들의 음지를 자처하고 그들의 진자리가 되어주어야 할 텐데요.

저라는 사람이 지닌 사랑의 크기는 과연 얼마나 되는지 조용히 반성해봅니다.

# 응원

2014

입시를 앞둔 고3 아들놈과 취업 전선에 막 뛰어든 예비 대졸자 딸을 둔 부모 마음이 이렇게 아리고 힘든 것인지 절감하는 요즘입니다.

그러면 안 되는 줄 알면서도 요놈들로 인해 일희일비하는 롤러코스터 인생을 살고 있습니다.

학교 기숙사생활을 하는 아들놈이 가끔씩 흘리는 힘없는 전화 목소리에 다리 힘이 쭉 빠지고, 인턴생활을 하는 취업 준비생 딸아이가 종종 드러내는 어두운 표정 때문에 저와 아내의 얼굴도 덩달아 어두워집니다.

피 말리는 대학 입시 경쟁, 잠깐 한눈이라도 팔면 홀연히 날아가는 정말 몇 번 안 되는 취업 기회!

살얼음판 위의 무자비한 경쟁 구조 속에서 아이들은 자꾸 지쳐갑니다. 그러나 그 고통을 부모가 대신 겪어줄 수도 없으니, 딱한 노릇입니다.

본인들이 어떻게든 이 현실을 잘 이겨내되, 훗날 사회인이 되면 이 말도 안 되는 천박한 경쟁 구조를 때려 부수고 친구들과 손잡고 같은 곳을 응시할 수 있는 그런 좋은 세상을 만들어내기를 간절히 바랄 뿐입니다.

최근 제가 시작한 생활 습관이 하나 있습니다. 하루에 한 번씩 아이들에게 문자메시지를 보내는 것인데요. 제가 읽은 책의 좋은 글귀 또는 아빠 마음을 담은 응원의 메시지를 보내주고 있습니다.

부모가 곁에 있어주지 못하는 상황에서 혹은 부모와 터놓고 얘기할 수 없는 바쁜 현실에서, 여러모로 모자라는 아빠이지만 그래도 꼭 전하고 싶은 격려와 응원의 마음을 문자에 담아 보내주고자 했던 것입니다. 이놈들 가는 길에서 잠깐이라도 말동무가 되어주고 등이라도 토닥여주고 싶은 마음에서 응원 문자메시지 보내기를 시작했습니다.

오늘도 엄마가 좋아하는 집 꽃 사진과 더불어 '오늘의 인내가 내일의 열매로 다가온다'라는 메시지를 아이들에게 전했습니다.

하찮은 몸짓이긴 하지만 그것이 아이들에게 응원과 격려의 목소리로 잔잔히 남길 조용히 기대해봅니다.

"얘들아, 부디 어려운 현실 잘 이겨내고, 나중에 사회인이 되거든 도토리 키 재기 경쟁보다는 서로 협력하며 살 수 있는 좋은 세상 만드는 데 조금이나마 힘을 보태는 그런 사람이 꼭 되거라."

# 부모

2016

미국의 등반가 에릭 와이헨메이어. 그가 어릴 때의 시각장애를 극복하고 정상인들도 힘겨워하는 일들을 척척 해내는 오늘의 멋진 사람이 되기까진 그의 아빠와 엄마의 남다른 교육방식이 있었다고 합니다.

그의 책《마음의 눈으로 오르는 나만의 정상》을 보면, 13세 때 희귀성 유전질병인 망막박리증으로 갑자기 시력을 잃은 그는 한동안 큰 상실감에 빠져 있었습니다. 그러나 그는 곧바로 친구랑 똑같이 댄스파티에 참석해 여학생과 데이트도 즐기고, 레슬링도 열심히 배워 아이오와주의 아마추어 자유형 챔피언이 됩니다. 이후엔 가이드의 도움을 받아 스카이다이빙도 하고 세계의 4대 준봉들을 차례로 오르기도 했습니다.

여기엔 한때 실의에 빠진 아들을 데리고 산악 등반의 첫 경험을 하게 해준 아빠의 '빗자루'식 교육이 작용했습니다. 눈이 안 보인다고 일생을 방에 갇혀 살기보다는 밖으로 자꾸 나가 세상과 몸으로 부딪히기를 원한 아빠의 초기 대응이 있었던 것입니다. 물론 정상인들도 힘겨워하는 바쁜 일상을 버티고 파김치가 되어 귀가한 자식을 온몸으로 따뜻하게 감싸 안아준 엄마의 '쓰레받기'식 교육이 함께했습니다.

세상에 나가 자꾸 몸으로 부딪히며 장애를 극복하라는 아빠의 빗자루식 교육과 그런 그를 사랑으로 포용한 엄마의 쓰레받기식 교육이 어우러져, 정상인보다 더 역동적으로 살아가는 오늘의 그가 존재할 수 있었던 것입니다.

위의 얘기는 자식을 키우는 것과 관련해 많은 교훈적 메시지를 전해주는 실화입니다. 요새 자식 키우기가 참 어렵다는 말을 많이 듣습니다. 자식 키우는 데 돈이 많이 들 것을 우려해 결혼이나 출산도 하지 않고 자기 인생에만 최선을 다하겠다는 젊은이들의 고잉 솔로식 삶의 방식도 점차 확산되고 있습니다.

그런가 하면 신新캥거루족처럼 다 컸는데도 자립을 못하고 부모의 그늘에 안주하는 무력한 자식들도 적지 않은가 봅니다. 대학생 자녀의 수강 신청을 대신 해주고, 자식이 다니는 회사의 상사에게 전화를 걸어 자식의 업무 분장 조정을 요구하는 헬리콥터 맘도 등장합니다.

부모 자식 간에 올바른 관계를 맺기 위한 원칙이 많이 무너졌고, 자식을 제대로 키우기 위해 부모가 지켜야 할 선을 넘어버린 경우도 적지 않은 것 같습니다.

흔히 "자식 이기는 부모 없다"라고 합니다. 그러나 쓰레받기 이상으로 부모 역할을 오버해버린 헬리콥터 맘들의 지나친 간섭이 이후 자식의 삶에 어떤 결과를 초래할지 걱정스럽습니다.

자식 키우기가 어렵다고 아예 최소한의 빗자루나 쓰레받기 역할도 미리 포기해버리는 일부 젊은이의 겁 많은 생각도 좀 우려됩니다. 그러나 그것을 더 촉발시키듯이 세상살이에 너무 돈이 많이 들게 만드는 이 비루한 사회 현실도 한심하기 짝이 없습니다. 그런 현실을 별 저항 없이 받아들이는 우리의 나약한 마음도 문제입니다.

저의 경우는 자식을 키우는 과정에서 예기치 못한 어려움도 많았지만, 그에 못지않은 행복감도 컸습니다. 아이들의 성장 과정이 저에겐 큰 축복이었고 그래서 그 순간이 진한 보람으로 남아 있습니다. 아이들의 성장 과정을 같이하며, 못난 저도 아빠로서 조금은 더 성장한 것 같습니다.

앞서 소개한 시각장애인 등반가의 경우처럼, 엄마가 힘든 귀갓길의 자식들을 따뜻한 쓰레받기로 온전히 담아 애정 어린 격려의 밥상을 차려주되, 헬리콥터 맘 같은 지나친 간섭은 경계해야 합니다.

아빠들도 자식의 자립심을 키워주는 원칙적 엄격함은 유지하되, 자식들 가는 길에 무수히 등장하는 불필요한 사회적 장애물을 말끔히 치워주기 위해 애써 빗자루를 손에 드는 수고로움을 잊어선 안 되겠습니다.

빗자루와 쓰레받기가 적시에 등장해 적정한 역할을 분담할 때 신캥

거루족도 헬리콥터 맘도 존재할 수 없게 됩니다. 무엇보다 자기 앞길 스스로 찾아가는 자식들의 당당한 발걸음을 만날 수 있겠지요.

그렇다면 자식 키우는 과정이 조금은 수월해져 자식의 성장 과정에서 부모 자신도 부모답게 좀 더 성장하는 기쁨을 맛볼 수 있겠지요.

"엄마가 되고, 엄마로 자란다"라며, '아이가 배우는 그대로 다시 한 번 세상 배우기'에 바쁘지만, 그것이 주는 기쁨을 온전히 누리는 작가 오소희의 삶이 바로 그런 것이지요.

# 결
# 과

2014

미국에서 연구년을 마치고 귀국한 지 어언 3년 반이 지났습니다.

그동안엔 개인적으로 연구 실적에 대한 압박감이 크기도 했지만, 집에 입시와 취업을 앞둔 아이들이 있어 멀리 여행을 떠나기가 쉽지 않았습니다.

해야 할 일들, 책임져야 할 모든 굴레에서 벗어나 홀가분하게 집 문을 나서고 싶었지만 그렇게 하지 못했습니다.

특히 올 한 해는 아이들의 입시, 취업, 이사 등등 큰 숙제들이 줄줄이 밀려와 미동도 하기 어려웠습니다.

이제 연말이 되면 그 숙제의 결과물들이 다 나오겠지요. 부디 좋은 결과로써 그간의 수고로움과 마음 졸임이 치유되었으면 합니다.

결과가 좋아 홀가분한 마음으로 가족 여행을 떠나고 싶습니다.

고생들 많았다고 서로 위로하면서, 식구들 모두 여행지에서 마음 편한 시간을 보냈으면 합니다.

복잡했던 머리도 다 비우고, 무거운 짐으로 수고로웠던 어깨의 피로도 풀면서, 단 며칠만이라도 아침에 눈을 뜰 때 아무 시름없이 하루를 시작했으면 좋겠습니다.

평안과 행복으로 시작된 아침 기운 그대로, 아이들이 또 새로운 역을 향해 각자 힘차게 출발할 날도 조용히 기다려봅니다.

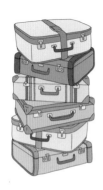

# 마음

2015

    지난해엔 집안에 큰 숙제가 네 가지 있었습니다. 큰 숙제라고 해봤자 평범한 가족이 살면서 늘 부딪히는 그런 일상사들이지요.

    어느 것 하나 만만한 놈이 없었지만, 가족 모두 열심히 노력해 그중 절반은 뜻한 대로 이루었습니다.

    나머지 중 한 가지는 그저 마음만 바쁠 뿐 도저히 실마리를 못 찾다가 그냥 마음을 비우니 시간이 좀 흐르면서 해결되었습니다.

    마지막 남은 한 가지 숙제는 가장 쉽게 해결될 것으로 여겼는데, 우리 가족의 힘으로는 어떻게 손써볼 수 없는 예상 밖의 변수가 돌출해 끝내 이루지 못했습니다.

    그래도 가족 모두 자기 몫의 과제에 최선을 다했기에, 네 가지 중 세

가지 숙제를 해결해내지 않았나 생각해봅니다.

돌이켜보면, 지난 1년은 '좋은 과정이 좋은 결과를 만든다'라는 평범한 진리를 다시금 확인하는 시간이었습니다.

가족의 여러 소망이 모이고 그것을 이루려는 모두의 땀방울이 짙어지면서, 한 해를 마감하는 시점에서 원하는 결과가 상당 부분 나왔다고 생각합니다.

한 가지 짚고 넘어가야 할 점은 간절한 소망이 있는 곳에 행운이 깃들어 더러 좋은 결실을 맺었지만, 그 과정에서 가족 모두가 100퍼센트 행복하지는 못했다는 점입니다.

뜻하는 바가 이루어지지 않을 것 같은 항상적 불안감, 그럼에도 현실적 대안이 많지 않음에 대한 우려, 그렇기에 만일에 대비해 차선책도 강구해놓아야 했던 현실적 고통들이 한 해 내내 우리 가족 모두를 따라다녔습니다.

물론 이 모든 것을 다 웃어넘길 만큼 대범하지 못한 성격들 탓도 있지만, 매사 행복해지기 위한 마음가짐과 그것을 위한 개인적 노력들이 많이 미약했지 싶습니다.

그렇기에 더 절실하게 요구되는 것은, 이루고 싶은 바를 조금 더 튼실하게 구상해내는 처음의 목표 설계와 그 꿈을 열심히 다지는 중간의 수고로움, 그다음엔 일의 결과를 겸허하게 기다리고 한껏 수용하는 마음 다스리기의 공부입니다.

궁극적으로는 뭘 더 움켜쥐려는 과욕보다는 '탐진치貪瞋癡, 탐욕과 노여움과 어리석음'에 쉽게 빠지는 못난 자신을 경계하며, 마음의 짐을 더 비우고 더 내려놓는 마음 비우기 공부의 필요성이 더 절실히 다가옵니다.

# 나
# 이

2016

아내가 지난 주말 텃밭에서 한참 쭈그리고 앉아 솎아낸 얼갈이배 추와 김장 무로 김치를 담그고 새로운 한 주를 맞더니 요 며칠간 감기 몸살이 단단히 걸려 많이 고생했습니다. 몸살과 두통이 심해 밥도 못 먹고 밤새 토하기만 하더니, 어젠 직장에도 나가지 못하고 병원에 누 워 링거주사를 맞는 신세가 되고 말았습니다.

아픈 아내를 대신해 잠시 집안일을 거들고 병원에도 데려다주었습니다.

링거주사로 겨우 몸을 추스른 아내가 햇볕도 쬐고 잠시 바람을 쐬 고 싶다 해서 집 인근 공원에 나가 벤치에 앉았습니다. 링거주사를 맞 고 약도 먹었지만 여전히 머리가 아프다고 해서, 아내의 등과 목을 잠시 주물러주었습니다.

실로 오랜만에 아내에게 해준 안마였습니다. 그런데 멀리서는 보이지 않던 하얀 새치들이 가득한 아내의 머리칼에 깜짝 놀랐습니다.

겉으론 몸이 불었지만 안마하며 닿은 제 손에 느껴지는 아내의 목과 어깨는 탄력을 잃은 채 부서질 듯 연약했습니다.

아픈 아내에게 안마를 해주며 나이가 들면 '삶이란 이렇게 고장 난 몸을 고쳐가며 사는 것인가?'라는 슬픈 생각이 잠깐 들었습니다.

젊었을 땐 아무 문제가 안 되지만 나이 들면 조금만 무리해도 몸에 단단히 탈이 나고 그 탈로 인해 며칠을 고생해야 하며, 심하면 병원 신세까지 져야 하니 좀 서글픈 것도 사실입니다.

하지만 아픈 몸으로 병원에 누워 있고 오랜만에 공원 벤치에도 앉아본 그 시간만큼은 마치 기차 여행 중 어떤 간이역에 잠시 정차한 순간처럼 새롭게 느껴지기도 했습니다. 언제나 급하게 앞만 보고 달리던 기차가 고장으로 서자, 기차 바퀴도 점검하고 고장 난 부분을 수리도 하는 그런 느낌 말이죠.

고장 난 기차를 수리하면서 지금까지 달려온 길을 되돌아보고 앞으로 달려가야 할 길을 정확히 가늠해보는 귀한 시간을 병病이 주었기에, 나이 듦이 반드시 나쁜 것만은 아니라는 생각도 들었습니다.

아프지 않고 살면 제일 좋지만, 나이 듦 자체가 아픔을 필히 동반한다면 어쩔 수 없지요. 병든 몸을 고치며 사는 것이 나이 든 인생의 또 하나의 본질임을 마음으로 받아들이지 않을 수 없는 것이지요.

달리던 기차에 잠시 브레이크를 걸고 내가 앞으로 가야 할 길이 정말 맞는 길인지, 진짜 의미 있는 길인지를 가늠해보는 시간을 우리가 갖는다면, 아픔이라는 몸의 브레이크가 우리 삶에 순기능도 할 수 있겠다는 생각이 문득 들었습니다.

# 이
# 사

2015

10년간 살던 정든 집을 떠나, 일주일 뒤면 새로운 곳으로 이사를 하게 됩니다. 이 집에서 애들을 공부시켜 대학에 보냈고, 이제 큰애는 졸업을 앞두고 있습니다. 그렇게 살다 보니 우리 부부도 어느덧 50대 중후반, 장년의 연령층에 성큼 접어들었군요.

돌이켜보면 지난 10년은 가장 힘차게, 그러나 그만큼 힘들게 사회생활을 한 시기였습니다. 직장에서 성과를 내야 했고 나이에 걸맞은 역할도 해야 하니, 그에 상응하는 책임의 영역도 늘어나기만 했습니다.

다행히 아이들이 공부를 열심히 하여 대학은 순조롭게 들어갔습니다. 하지만 이 애들이 대학을 졸업한 뒤 사회에 나가 직장에서 일할 기회를 쉽게 얻을지는 단언할 수 없으니, 이것이 지금 우리 부부가 직면한 또 하나의 현실입니다.

이 집은 지난 10년 동안 직장에서의 고단함과 아이들 교육 문제 등 우리 부부의 고민과 좌절, 그만큼의 열정이 짙게 배인 곳입니다. 그러다 보니 간혹 집 안에서 언성을 높인 경우도 있었습니다. 그로 인해 애들 보기 부끄러워 많은 시간 집 주위를 배회하기도 했지요.

이사는 그간의 나쁜 습관과 부적절한 언행을 벗어던지고, 새 둥지에서 좋은 습관과 온화한 언행을 다시 익히는 계기를 마련해줄 것으로 기대해봅니다. '새 술은 새 부대에 담듯이' 말이지요.

지금까지 살아온 이곳이 불만스럽기만 한 것은 아닙니다. 10년 동안 살면서 집 안팎에서 가족이 만들어낸 추억거리도 참 많습니다. 아이들로 인해 행복했던 일, 집 주위의 산과 천변에서 같이 운동하며 서로에게 힘이 되고자 마음의 대화를 나누던 시간도 많았습니다.

이사 갈 새로운 집에서도 좋은 추억을 많이 만들고 가족 공동의 취미거리도 계속 이어가고 싶습니다. 새로운 곳에선 집 안에 항상 잔잔한 음악 소리가 흐르고, 그 운치가 가득 고여 있게 하고 싶습니다. 좋은 결과를 가져오지 못할 말은 아예 속으로 삼키는 묵언 훈련도 해야겠습니다.

새 둥지에서 좋은 습관과 좋은 언행을 쌓아, 그렇고 그런 우리네 고단한 일상에서 작은 행복의 샘물이 끊임없이 샘솟는 보금자리를 만들도록 저부터 열심히 노력해야겠습니다.

새 부대가 마련되어야 새로 담긴 술이 더 맛날 테니까요.

# 사
# 진
## Ⅱ

2016

입대를 앞둔 아들놈에게 가족사진 한 장 손에 쥐어 보내려고, 얼마 전 가족사진을 찍었습니다. 부부가 가운데 앉고 딸과 아들이 그 곁을 지키는 전형적인 가족사진이었습니다.

그러고 보니 사진관에서 가족사진을 마지막으로 찍은 지가 벌써 15년 전이네요. 큰애는 초등학교 4학년, 아들놈은 아직 유치원생 때였지요.

세월을 속일 수는 없는지라 사진 속의 제 머리는 이미 하얀 눈을 뒤집어쓴 만년설 형상이고, 고왔던 아내 얼굴에도 잔주름이 내려앉아 있네요. 그래도 희망적인 것은 초등학교 4학년의 앳된 얼굴이던 딸은 어엿한 직장인이 되어 밝은 미소로 사진에 등장하고, 코흘리개였던 아들놈은 원하던 대학에 들어가 3학기를 마치고 나라의 부름을 받아

입대를 앞둔 늠름한 청년이 되어 있는 점이지요.

사진관에서 가족사진을 찾아와 안방에 걸려 있는 15년 전 가족사진과 함께 들여다보니 많은 생각이 들었습니다. 15년이라는 적지 않은 시간 동안 우리 가족에게 있었던 중요한 일들, 가족 한 사람 한 사람의 삶의 궤적들이 주마등처럼 스쳐갔지요.

우여곡절도 적지 않았지만 다들 무탈하고 건강하게 살아냈다는 점, 가족 모두가 자기 몫을 다하면서 조금씩 앞으로 나아갈 수 있었다는 점에 안도의 숨을 내쉬었습니다. 우리 가족이 이렇게 살아갈 수 있도록 크고 작은 도움을 주시고 격려의 손길을 보내주신 친척, 친지 분들께도 마음으로 감사의 절을 올렸습니다.

앞으로 15년 뒤의 가족사진은 어떤 모습일지, 사진 속의 인물들에겐 어떤 변화가 있을지 벌써부터 궁금해집니다.

그때쯤엔 사진에 등장하는 가족 수가 꽤 늘어나 있겠지요. 미래의 손자, 손녀 들 얼굴이 놓일 자리를 지금의 가족사진 위에다 조용히 배치해보는 제 얼굴에 미소 한 자락이 흐르고 있습니다.

문득 15년 뒤 가족사진에 등장할 저의 얼굴에 대한 생각도 들었습니다.

나이 들수록 얼굴이 그 사람의 인생을 말해주고, 그래서 사람은 그 얼굴에 더욱 책임을 져야 한다는 선현들 말씀이 떠오릅니다.

그러고 보니 가족사진은 사진 속 사람들이 한 가족이기에 사진에 등장할 당연한 권리가 있다는 점과 더불어 그 사진에 한 점 누가 되지 않도록 모두가 자기 삶에 대한 책무감을 잊지 말아야 함을 넌지시 알려주는 죽비 소리 같다는 생각도 들었습니다.

# 면회

2016

유난히 무더웠던 여름, 논산 육군훈련소에서 훈련병생활을 마치고 카투사로 복무하게 된 아들놈. 그 녀석이 신병 교육을 마치고 배속된 부대로 첫 면회를 갔습니다. 부대가 집에서 차로 20여 분 걸리는 거리에 있어서 금방 도착했습니다.

선임병을 따라 에스코트를 나온 아들놈을 만나 부대(캠프) 출입 수속을 밟고, 집에서 챙겨온 생활용품들을 넣어주기 위해 바로 막사로 향했습니다. 2인 1실의 방에서 아들놈은 입소 동기와 함께 생활할 것입니다.

짐을 넣어준 뒤 식당으로 향하면서 캠프 안을 살펴보았습니다. 부슬부슬 내리는 초가을 비에 조금씩 단풍잎으로 변해가기 시작하는 캠프 안의 나무들과 눈인사를 나누었습니다. 인근의 산에 물안개마저 살짝 피어오른 빗속의 캠프 모습은 미국의 조그만 칼리지 같은 느낌이었습니다.

우중이지만 식사 후 캠프 안을 한 바퀴 걸었고, 클럽 하우스 같은 곳에 가서 커피와 아이스크림을 먹으며 시간을 보냈습니다.

환하게 웃는 얼굴로 엄마와 대화를 나누고 누나랑 장난도 치는 아들놈을 보니, 마음의 여유를 찾은 것 같아 든든했습니다.

아들놈이 군생활에 안착 모드로 들어간 듯해, 자식을 군대 보낸 부모로서의 첫 숙제를 이제 막 끝냈다는 안도감이 들었습니다.

카투사 아들 덕에 1일 미국 여행을 한 것 같은 즐거운 시간이었습니다.

이곳에서 선임병들의 격려를 받으며, 아들놈이 자기 책임 아래 멋진 군생활을 해내기를 응원하며 집으로 돌아왔습니다.

유
진

# EUGENE

# 공
# 원

2011

서울 외곽의 산 아래에서만 살아서 그런지, 집 근처엔 늘 공원이 많았습니다. 도시자연공원, 근린공원, 동네의 한 뼘 공원 등등……

공원이라는 글자가 비교적 눈에 많이 들어오고 실제로 큰 노력 없이도 공원에 쉽게 발을 들여놓을 수 있는 곳이 늘 제가 사는 동네였습니다.

한 뼘의 풀이나 흙을 쉽게 접할 수 없는 곳에 거처하는 분들에 비하면 집 주변에 녹지 공간이 많아 그 점에서만큼은 제 삶의 질은 높은 편입니다. 그런데 이런 삶의 질이 산 하나만 넘으면 경기도인 서울 변두리에서 주로 살기 때문에 가능한 것이라면 문제가 아닐 수 없습니다.

우리 사회는 이미 도시화율 90퍼센트가 넘는 선진국형 도시화율을 자랑(?)합니다. 그러나 불행히도 대다수의 사람이 터를 잡고 사는 도시가 인간생활 정주 공간, 즉 사람이 터를 잡고 오래 살 만한 공간이 되지 못하니, 우리는 큰 자성의 시간을 가져야 합니다.

미국 오리건주로 연구년을 와서 유진이라는 도시에서 1년간 살면서 인간생활 정주 공간이라는 개념에 대해 생각해볼 기회가 많았습니다.

물론 이 나라는 땅이 워낙 넓어서 시정부가 마음만 먹으면, 또 어느 정도 재정만 허락하면 그까짓 공원 하나 뚝딱 만들기는 누워서 떡 먹기일 것이라고 생각하기 쉽습니다. 그러나 이곳 유진시만 해도 도시의 양옆으로 큰 산맥이 길게 뻗어 있어, 그 산맥들 안에 갇힌 계곡 Willamette Valley 안의 도시입니다.

어쩌면 인근까지 합해도 인구가 20만 명밖에 안 되어 이것이 가능한 일이기도 하겠지요. 하지만 저는 시정부의 공원 조성정책 덕분에 그곳의 시민들이 풍족한 도시공원을 마음껏 누릴 수 있다고 생각합니다.

땅이라는 물질적 공간이 풍족해서라기보다는, 인간과 자연의 공존을 위해 원시자연을 잘 보전하거나 빈 땅을 도시공원으로 정성스레 확보하고 알차게 운영하려는 시정부의 공원정책에 높은 점수를 주고 싶습니다.

아무리 넓은 땅을 갖고 있어도 우리처럼 "무슨 무슨 공단이다", "무슨 무슨 기업도시다, 혁신도시다" 하면서 경제적으로만 땅을 이용하려 들면 집 근처에 공원이 들어서기란 참 쉽지 않지요.

미국으로 건너가 재차 놀란 점은 어느 도시든 기본적 사회 기반 시설과 생활 편의 시설이 골고루 갖춰져 있다는 사실입니다. 학교 · 쇼핑

센터·도로는 말할 것 없고, 도서관·공원·예술회관·시빅 센터 등등 시민의 문화생활 및 전원생활에 필수적인 것들이 이른바 공공재 개념으로 잘 구비되어 있습니다.

우리는 땅도 좁고 예산도 부족하다며 환경 탓만 해선 안 될 일입니다. 원래 미국은 부자 나라이고 땅도 무지하게 넓으니 이런 것들이 모두 가능하다고 속단해버리면, 우리의 문제를 해결할 지혜나 방도를 스스로 포기하는 셈이 되지요.

이곳 사람들이 왜 공원을 공공재화했는지, 공공재로서의 공원을 조성하기 위해 어떤 정책 지혜를 강구했는지, 어떤 계획 아래 공원을 실제로 조성해왔는지 그 구체적 방법론을 알아내야 합니다.

미국인들이라고 공원 조성에 장애물이나 암초가 없었을까요? 미국이야말로 신자유주의의 첨병이자 자본주의의 냄새가 몸 곳곳에 밴 그런 물질문명 사회 아닌가요?

좁고 열악한 우리의 환경만 탓하기보다는 남의 문제 해결방식에서 정책 지혜를 배우고 절실하게 구해야 합니다. 그래야 좁은 땅덩어리일지라도 우리가 사는 곳에 아기자기한 미니 숲을 조성할 수 있고, 애들이 안전하게 뛰놀 수 있는 미니 공원을 더 많이 만들 수 있습니다.

넓은 땅이 없다고 미리 포기하지 말고, 토지 공개념 요소를 건설적으로 받아들여 공공의 땅을 미리 확보해낼 일입니다. 먼 앞을 내다보는 알찬 도시계획에 입각해 공공재로서의 공원을 조금씩 마련해가는 공원 조성정책의 제도화가 긴요합니다.

조금 있으면 무더운 성하盛夏의 밤이 찾아옵니다. 좁은 아파트를 벗어나 인근의 조그만 공원에서 매미 울음소리를 들으며 식구들과 조용히 산책하거나 배드민턴이라도 마음껏 쳐볼 수 있는, 작지만 의미 있는 공원들을 집 주변에서 많이 접할 수 있으면 정말 좋겠습니다.

사람의 곁으로 찾아오는 공원이 많이 늘어나, 우리 모두가 근린공원의 존재를 고마워하며 그것을 소중히 지키고 가꾸면서 사는 날이 빨리 오길 고대합니다. 오늘은 사람과 공원의 관계에 대해 깊이 생각해본 하루였습니다.

# 격
# 려

2011

　오늘 아침 학교 도서관 가는 길에 오리건대학교에서 학부를 다니는 한 한국인을 만나 대화를 나누며 학교까지 걸어갔습니다.

　일전에도 등굣길이나 학교 식당 등에서 그를 몇 번 만난 적이 있어, 저는 유학생인 그의 처지와 공부 현안을 조금은 알고 있습니다.

　이 대학으로 편입한 늦깎이 대학생인 그는 지금 학부 과정을 무사히 마치고 장학금을 받아 다른 대학교 대학원을 들어가기 위해 굉장히 바쁘게 생활하고 있습니다.

　시간에 쫓기며 과제를 수행하느라 밤샘 등으로 몸고생 마음고생이 심했는지 요새 그의 얼굴은 통통 부어 있습니다.

　그를 보자, 남보다 좀 늦게 대학원 공부를 시작했던 저의 젊은 시절이 생각나서 문득 그에게 연민의 정을 느꼈습니다.

그래서 그에게 도움이 될 만한 저의 생생한 경험담과 또 대학 선생으로서의 덕담을 전해주고 싶었습니다.

"대학은 정직이라는 가치와 투자라는 행동에 가장 비례하는 결과물을 주는 곳"이고, "내가 던진 생生의 부메랑은 내가 열심히 그 궤적을 좇으면 언젠가 나에게 이득의 결과물로 돌아오지만, 그 궤적 좇기를 게을리하면 언젠가 나를 꾸짖는 채찍의 부메랑으로 돌아온다"라는 저의 생생한 경험담을 전했습니다. 그리고 "공부의 결과가 어떻든 과정이 만족스러우면, 그 결과는 다 자기 마음가짐 그대로 맞춤식으로 다가온다"라는 격려를 잊지 않았습니다.

그는 제 말에 다소 마음의 위안을 받았는지 "한결 힘이 난다"라고 대답했습니다. 그러고는 꾸벅 인사를 한 뒤 도서관 2층으로 황급히 뛰어 갔습니다.

뒤늦은 공부의 길에서 그가 조금 더 마음의 여유를 찾고 자신을 담금질해 만족할 만한 결과를 얻어, 미국에서의 공부를 잘 마친 뒤 귀국했으면 하는 바람을 가져봅니다.

저 역시 일주일이 시작되는 월요일 아침에 한 젊은이와 신선한 대화를 나눌 수 있어 좋았습니다. 그에게 조금이라도 도움이 되었는지는 모르겠지만, 제 젊은 날의 경험담과 용기를 주는 덕담을 전할 수 있어서 행복했습니다. 왠지 이번 한 주도 생산적이고 의미 있는 시간들을 보낼 수 있을 것 같은 자신감이 불끈 솟았습니다.

# 튜
# 터

2011

지금 아들놈이 미국인 튜터와 함께 자기 방에서 스피킹 공부를 하고 있습니다.

그 망할 놈의 영어 공부에 한층 피치를 올리기 위해, 작년에 미국에 오자마자 어렵게 구한 미국인 튜터의 도움으로 아들놈 영어 실력이 조금은 향상된 것 같아 다행입니다.

미국인 여자 튜터 사라는 시간당 20달러의 수고료를 받고 튜터링하기 위해 1주일에 한 번 40분 정도의 찻길을 오갑니다.

아들놈이 써서 미리 보낸 페이퍼를 우리 집에 오기 전에 출력해 글쓰기 문법을 수정하고, 한 시간 동안 나눌 대화 내용까지 미리 준비해서 와야 하니, 인건비가 무지 비싼 미국 땅에서 그녀의 시간당 튜터비

20달러는 비싸다고 할 순 없습니다.

사라는 튜터링 경험을 정식 교사가 되는 데 도움이 될 것으로 여기고 있습니다. 그러나 미국 사회도 경기침체로 인한 취직난이 심각해, 늦은 나이에 대학 졸업을 앞둔 그녀의 취업 전선이 그저 장밋빛일 수만은 없는 듯합니다.

갓 스무 살 넘어 얻은 머리 굵은 자식까지 둔 30대 중반의 그녀는 뒤늦게 대학 공부를 시작해 이곳저곳에서 튜터링해 번 돈으로 대학 공부를 겨우 마쳤다고 합니다. 어렵게 공부를 해서인지 돈의 가치를 잘 아는 듯하고, 그래서 튜터링 시간에 나름대로 최선을 다합니다.

그녀가 튜터로서 갈고닦은 지식과 교육 방법을 마음껏 발휘할 수 있도록, 중학교 선생님이 되길 열망하는 그녀의 꿈이 조속히 이루어지길 기원해봅니다.

# 산책

2011

평소 걷기를 좋아하는 편입니다. 그것이 전부 산책이라는 개념으로 불릴 수 있을지는 모르겠지만, 아무튼 저는 걷는 것을 꽤 좋아합니다.

걷는 장소도 굳이 가리지 않습니다. 아무 데나 발길 닿는 대로 걷습니다. 길만 있으면 그곳이 어디든 상관 않지요.

대개는 생각을 놓고 그냥 머리를 비우고 걷는 것 같습니다. 밥 먹고는 소화시킬 겸 걷고, 시간 나면 바람 쐴 겸 편한 마음으로 걷습니다.

무엇인가에 대해 생각하며 걸을 때도 있습니다. 간혹 써야 할 글 주제를 생각하거나, 드문 일이긴 하지만 무언가 세상사의 결과물을 낳은 원인을 분석하며 걷기도 합니다.

더러는 못난 성격 탓에 과거의 후회와 미래의 불안, 현재의 망설임이 걸을 때 생각의 시작이 될 때도 있습니다. 그럴 때의 걷기는 별로 생산적이지 못합니다. 그렇게 걸은 후에는 뒷맛이 영 개운하지 않습니다.

다행히도 미국으로 연구년 와서 마음 편하게 걷는 시간이 많아졌습니다. 고요한 햇볕을 받으며 조용한 숲길을 걸을 기회가 많았죠. 제 머릿속에 고민의 흔적이 완전히 지워진 것은 아니지만, 그래도 이곳 유진에선 마음 편한 산책이 가능했습니다.

그 덕분에 논문의 뼈대도 하나 세울 수 있었고, 이곳에 와서 만든 블로그에 담을 포토 에세이의 주제와 에세이 내용들을 거칠게나마 시적 표현과 사진 그림으로 정리할 수 있었습니다. 산책하며 좋은 경치도 보고, 웃는 얼굴의 사람들도 만나면서, 언제나 심각한 얼굴로 걷던 저 자신도 크게 반성할 수 있었습니다.

그래서 이곳에서의 산책은 아름다운 자연과 사람들을 발견하는 '돋보기'였고, 때로는 저 자신을 비추어보는 큰 '거울'이었습니다.

최근엔 사진 찍는 취미가 본격화되어 카메라를 메고 산과 들, 도시의 길을 걸으며 눈앞에 펼쳐지는 세상의 라이브쇼를 즐깁니다. 덕분에 피사체의 본질과 접속하면서 그것을 가장 정직하게 담아내는 '그릇'으로도 산책의 시간이 작동합니다.

그런데 연구년을 마치고 이곳을 떠날 시간이 점점 다가오고 있습니다. 그러자 이것저것 1년 동안 써온 살림살이를 정리하는 것에 따른 고민거리가 조금씩 생기면서, 걸을 때에도 걱정거리가 머리에서 쉽게 사라지지 않아 문제입니다.

타던 차는 제때 잘 팔릴지, 살림 도구들은 어떻게 처분해야 할지, 마지막 공공요금들은 어떤 경로로 내야 할지, 통장 정리는 누구에게 부탁할지 등등…….

정말 사소한 고민거리들입니다. 그래서 요즘은 걷는 동안 산책의 즐거움을 느끼기보다는 마음의 찌꺼기가 발등에 쌓이는 듯해 공연히 발걸음만 무겁습니다.

여기서 저는 다시 선택의 기로에 서게 됩니다. 계속 부정적인 생각의 포로가 되어 발걸음 무거운 고통의 걷기에서 헤어나지 못할 것인가? 아니면 모든 것을 세상 순리에 맡기고 내가 기획한 대로 이곳에서의 나머지 시간을 멋지게 요리하기 위해, 다시 '돋보기' 같은 신나는 걷기를, 나를 비추어보는 '거울' 같은 산책을, 세상 만물을 정직하게 담아내는 '그릇' 같은 용도의 산책을 지속할 것인가?

다시 한 번 후자의 방법, 즉 돋보기 혹은 그릇 같은 산책의 효용성에 기대고 싶습니다. 아내가 직장 문제로 같이 미국에 오지 못한 것 등 이곳에 오기까지의 많은 고민과 최소한의 기회비용을 상쇄할 만큼의 정신적 희열을 안고 돌아가야 하기 때문입니다.

어차피 인생은 모험인 법! 아내랑 떨어져 엄빠(엄마+아빠)로서의 모험을 제대로 하기로, 그렇게 다짐하고 이곳에 홀로 왔으니까요.

유진에서의 1년 연구년 중 전반부의 삶은 그럭저럭 '돋보기'와 '거울'을 갖고 제법 산책다운 산책을 했습니다. '그릇'도 하나 쓸 만하게 장만하여 세상의 아름다움과 자연의 진실도 분에 넘치게 담아보았습니다. 그 덕분에 포토 에세이를 소재로 한 블로그도 만들어 열심히 운영 중입니다.

단, 끝이 좋아야 모든 것이 좋을 터이니 다시 큰 용기를 내어 돋보기와 거울을 양손에 들고 산책다운 산책을 즐기러 밖으로 나가야겠습니다. 세상의 본질을 담는 그릇도 조금 더 채워야겠지요.

그중 하나라도 정말 저의 것으로 만드는 그런 산책, 그런 걷기라면 절반은 성공한 산책이 아니겠는지요!

다시 힘차게 산책하러 나가볼까 합니다. 고민은 저 강물에 집어 던지고, 따스한 햇볕과 시원한 바람을 가르며, 뚜벅뚜벅 숲길을 걸어야겠습니다. 그러다 보면 장자의 소요유逍遙遊 비슷한 것도 조금은 맛볼 수 있겠지요.

'그냥 지금', '여기 이곳'에서 저를 한가로이 들여다볼 수 있는 '거울'을 손에 들 수 있겠지요. 그 거울로써 저를 반성하면 세상 만물의 아름다움과 사람들의 멋진 웃음을 당겨보는 '돋보기'로 산책길이 다시 바뀌겠지요. 그래서 모든 사물의 본질을 넘치게 담아내는 '그릇'을 제 품 안으로 조금은 더 끌어당길 수 있겠지요.

# 햇볕

**2011**

 유진의 지난겨울엔 라니냐 현상으로 예년보다 비가 더 많이 내렸습니다. 늦봄까지도 비가 내려, 비를 그리 좋아하지 않는 저로선 우울한 나날을 강요받는 기분이 간혹 들기도 했지요.

 다행히도 초여름인 요즘은 날씨가 참 좋습니다. 날씨가 여간 화창한 것이 아닙니다. 하루하루 정경이 아침에 일어나 막 세안을 끝낸 미녀의 얼굴 같습니다.

 형형색색의 꽃들이 마구 피어나고, 비로 인해 축 처져 있던 나뭇잎들도 햇볕을 받아 활짝 기지개를 폅니다. 파란 하늘엔 하얀 뭉게구름이 가득 포진해 있고, 대학 캠퍼스 잔디마다 학생들이 옷을 반은 벗은 채 일광욕을 즐기고 있습니다.

오전엔 도서관에서 인터넷 검색과 논문 자료 찾기를 하고, 점심으로 싸 온 샌드위치를 도서관 앞 벤치에 앉아 먹은 뒤 캠퍼스를 한참 걸었습니다. 일부러 다른 날보다도 더 멀리까지 걸었습니다. 천천히 소걸음으로 말이지요!

따스한 햇볕을 맞으며 걸으니, 최근 귀국 준비로 다소 복잡했던 저의 마음이 많이 달라졌습니다. 엉켜 있던 일들에 대해 편히 마음먹을 수 있게 해주는 새로운 방법들도 머릿속에 떠오릅니다.

'돈의 노예가 되어 이곳 살림 정리의 감옥에 스스로 갇히기보다는, 몇 푼 손해 보더라도 소유보다는 존재하는 쪽에서 삶의 방향을 지켜내야 한다'라는 세상살이의 진리를 화창한 날 오후의 햇볕이 제게 가르쳐주었던 것입니다.

그리하여 햇볕이 참 고마웠습니다. 저의 복잡한 심사를 누그러뜨릴 수 있는 생각의 실타래를 풀어준 오늘의 제 은인이 바로 햇볕입니다.

그래서 사람들은 햇볕을 갈구하나 봅니다. 특히 나이를 먹을수록 햇볕은 육체의 비타민을 만들어줄 뿐 아니라, 정신의 비타민, 마음의 칼슘도 생성해주는 자연세계의 영양사라는 생각이 듭니다.

점심 먹고 한참 햇볕 속을 거닐며 정신의 비타민을 충분히 공급받았으니, 오후에는 도서관에 앉아 조금 더 자료를 찾고 또 햇볕 쬐러 나가볼까 합니다.

늦은 오후의 햇볕은 또 어떤 맛일지? 어떤 색깔로 저에게 다가올까요?

# 강의

2011

　대학원 박사 과정 도중 시간 강의를 다닐 때나 정식 교수 신분으로 대학에 자리 잡고 난 후 몇 해 동안은 강의 시간마다 머릿속으로 외운 것을 되새겨 입으로 내뱉기에 급급했습니다.

　강의는 많이 했는데 그 강의라는 것이 외운 것의 억지 내뱉음이니, 강의실은 송신자와 수신자 간의 교신이 어려운 난청難聽 지대였습니다.

　몇 년 세월이 지나니, 이젠 직설법보다는 간접화법으로써, 생경한 직역보다는 은유로써, 지식의 딱딱한 주입보다는 비유와 예시로써, 억지로 외워 내뱉던 지난날의 강의방식을 조금은 치유할 수 있게 되었습니다.

　학생들을 웃길 땐 조금 웃길 줄도 알면서, 송·수신자 간 최소한의

교신은 확보되도록 저만의 송신탑을 제가 원하는 곳에 세울 수 있게 되었습니다.

연구년을 맞아 그 송신탑을 잠시 비운 채 이렇게 1년간 강의실을 떠나 멀리 있으니, 다시 강의실로 달려가고 싶은 마음이 종종 듭니다.

1년간 그저 놀기만 한 것은 아니니, 학생들에게 보여주고 싶고 전해주고 싶은 것이 적지 않습니다. 단, 과거와 다름없는 스테레오 타입의 지식 전달은 금물이겠지요.

간접화법, 비유와 예시를 뛰어넘는 새로운 교수법도 요구됩니다. 그것은 무엇일까요?

일단은 강단에 선 사람으로서의 자신감이 전제되어야 합니다. 말하려는 내용에 대해 분명한 자기 관점이 있어야겠죠. 그러나 제 의견만 고집하지 말고 세상사에 대한 다양한 관점도 잘 정리해 학생들에게 소상히 전해야 합니다.

지금까지의 강의 내용을 단단히 점검하고 새로운 내용을 대폭 보강하되, 그것이 신선한 대안적 관점이 될 수 있도록 체계화해야겠습니다.

강의 내용만 진일보해서는 곤란합니다. 강의 방법도 그에 못지않게 중요하지요. 아니, 방법론에 대한 고민이 더 요구될 수도 있습니다.

일단은 어렵고 추상적인 강의 주제의 예를 들 때, 저의 블로그를 적극 활용해볼 생각입니다. 개인적으로 가치 있고 재미있다고 생각하며 올린 사진과 글들이 블로그 안에 더러 있으니, 그것을 보여주고 예로 드는 것이 제일 좋을 듯합니다. 그러면 저의 재미와 저의 가치가 자연히 강의에 녹아들겠지요.

수업 중에는 학생들에게 말을 많이 시킬 생각입니다. 그러기 위해 과제를 더 내주고 발표를 많이 시킬 계획이고요. 남 앞에서 정연하게 발표하기 위해 개인적으로 준비하는 시간과, 자신이 아는 것을 남 앞에서 예의를 갖춰 조리 있게 전달해내는 훈련이 진짜 공부입니다.

학생들이 강의 내용을 완전히 자기 것으로 소화하도록 강의의 질을 더 높여보겠습니다. 최소한 저의 강의에서만큼은 정확하고 옳게 아는 학생이 한껏 존중받도록 강의의 격格도 유지해야겠습니다.

제 경우 강단에서의 초반부 인생이 억지춘향 격이었다면, 강단의 중반부 인생은 세련된 방법을 겨우 터득한 절반의 반의 성공(?)이라 자평해봅니다.

이제 연구년 동안의 1년 공백을 메울 시간이 다가옵니다. 조금 더 폭넓은 내용을 세련된 방법으로 전하되, 학생들이 자신의 사유 속에서 고유한 관점을 든든히 만들 줄 아는 창조적 시간이 되도록 강의 쇄신을 도모해보겠습니다.

매너리즘에 빠져 예전의 익숙한 강의방식에 함몰되어선 안 됩니다. 팀 프로젝트, 강의 주제를 역할극 UCC로 제작하기, 블로그 사진을 이용한 수업방식, 사례 분석을 통한 세상 읽기, 문학작품이나 영화 속에서 강의 내용 파악하기 등 지금까지 새로운 티칭 메소드를 열심히 찾아오지 않았던가요.

《흑산》의 작가 김훈의 집필실 흑판에 적혀 있다는 '필일신必日新'. 작고한 변화관리 사상가 구본형의 책 제목 《익숙한 것과의 결별》처럼, 오늘보다 나은 내일을 맞이하기 위해 저를 바꾸는 담금질의 순간이 절실히 다가옵니다.

학생들이 진지한 얼굴로 "교수님, 수고하셨습니다"라는 말을 하며 의자에서 일어나는 끝맺음의 강의가 되도록 노력해야겠습니다. 이제 강단에 설 날도 그리 많이 남지 않았습니다.

# 여행

2011

어제 모처럼 차를 몰고 멀리까지 다녀왔습니다. 최근 기름값이 엄청 올라서 장거리 여행을 자제했는데, 이제 한국으로 돌아갈 날이 가까워지니 미국을 떠나기 전에 다시 한 번 꼭 가보고 싶은 곳들을 다 둘러보고 가자는 마음이 들더군요. 그래서 중부 및 남부 오리건 해안 Oregon Coast의 인상적인 장소들을 쭉 둘러보았습니다.

아침 일찍 샌드위치 네 개, 사과, 쿠키와 커피, 핫 초콜릿 음료를 챙겨 아들놈과 출발했습니다.

달리는 찻길엔 5월 말의 신록들이 우리를 마구 반겼고, 청명한 하늘 아래서 더욱 파래진 태평양 바다도 오랜만에 얼굴을 본다고 반갑게 악수를 청해 왔습니다.

미국에 와서 아들놈과 단둘이 여행할 기회가 많았습니다. 그전에도 중국의 오지인 실크로드와 캐나다의 로키산맥, 만주의 백두산 등을 어린 아들놈과 둘이서 여행했지만, 그땐 패키지 여행이어서 여행 계획을 손수 짜거나 여행 중 먹고 자는 문제에 잔신경을 쓸 필요가 없었습니다. 그래서 어린 아들놈과 동반한 여행길에 큰 어려움은 없었습니다. 그저 가이드가 가는 대로 부지런히 따라가기만 하면 되었습니다.

이번 여행은 잠자리 예약, 먹을거리 준비, 장거리 운전, 차 정비 등등 많은 것을 제가 직접 해야만 가능한 장거리 운전 여행이었지요. 그래서 혼자서는 엄두가 안 나서, 몇 군데의 장거리 여행은 포기할 마음도 있었습니다.

그러나 중학생 아들놈이 호텔 예약도 인터넷으로 도와주고, 달리는 차 안에서 지도 분석도 잘해주고, 여행길에서 부딪히는 갖가지 소소한 문제들을 해결하는 과정에서 통역사 노릇도 든든히 해주어 한결 제 고생이 줄었습니다.

아빠가 졸린 눈으로 밤길 운전하는 것이 걱정되는지 뒷좌석에 앉아 애써 졸린 눈을 비비며 말을 가끔 걸어오곤 해 졸음운전도 떨칠 수 있었습니다. 언제인가부터는 팝송에도 조금 눈을 떠, 차 안에서 뮤직 선곡자 노릇도 자처합니다.

일전에 6개월 동안 미국 국립공원 여행을 했던 어느 노부부가 쓴 여행기를 읽은 적이 있습니다. 그 책에서 남편이 자신의 아내를 12인 몫의 여행 도우미(지도 분석자, 영양사, 통역사, 말동무 등등)로 은근히 자랑하는 글을 읽으며 참 부러웠는데, 아들놈도 최소한 대여섯 명 몫의 여행 도우미 역할은 거뜬히 해내는 것 같습니다.

어느새 부쩍 커서 장거리 운전 여행의 든든한 도우미 노릇을 자처하고 또 성실히 해내는 아들놈을 보며, 놈의 정신적 성장을 보게 해준 여행의 시간들이 참 고맙다는 생각을 합니다.

아직은 엄마의 손길이 필요한 나이인데, 엄마와 떨어져 있어도 힘든 내색 한 번 하지 않고 아빠를 도와주는 듬직한 청소년으로 커가는 아들에게, 허약한 모습만 보이는 늙은 아빠가 되지 않도록 저를 다지는 시간이 더 필요할 것 같습니다.

이제 2주 뒤면 아들놈 학교가 긴 방학에 들어갑니다. 그러면 귀국하기 전 며칠간 시간적 여유가 생기고, 우리 앞엔 미국에서의 마지막 장거리 여행이 기다리고 있습니다.

지금까지 여행에서 많은 것을 배우고 느꼈듯이, 마지막 장거리 여행도 계획대로 잘 마무리한 뒤 한국으로 돌아가고 싶습니다.

제가 한 걸음 더 준비하고 한 번 더 웃으면, 아들놈도 여행길에서 더 많은 것을 보고 배울 것 같습니다. 아들놈과 멋진 추억을 새기게 해주고, 또 그 녀석의 성장 디딤판이 되는 의미 있는 여행길이 되길 한껏 기대해봅니다.

# 쇼
# 핑

2011

아내는 쇼핑을 좋아합니다. 물론 아내는 물건 하나 살 때마다 꽤 신중합니다. 값도 따지고 물건의 품질도 세밀히 견줍니다. 그러다 보니 대부분의 여성이 그렇듯 쇼핑하는 데 많은 시간을 소비하는 편입니다.

성질 급한 저는 쇼핑하고 있는 아내에게 "쇼핑은 공연히 시간만 낭비하는 짓이다", "쇼핑은 불필요한 물건을 잔뜩 사들인 뒤 결국은 유통기한을 넘겨버리고 마는 반反생태적인 못된 짓이 되기 쉽다"라고 가끔 퉁명스레 잔소리를 합니다.

쇼핑을 좋아하는 아내가 제 말에 절대 동의할 리 없습니다. "남자들은 잘 모르는 자질구레한 물건 구입이 가정생활에 불가피한 경우가 많다", "당장 소용되지 않는 물건이라도 쌀 때 사놓는 것이 결국은 돈

버는 길이다"라는 것이 아내의 쇼핑 지론입니다.

어떤 땐 아내의 쇼핑 지론이 옳다는 생각도 종종 합니다.

아내랑 떨어져 미국에서 살림을 책임지다 보니 이전엔 몰랐던 생필품 사기의 불가피함이 새삼 느껴집니다. 그리고 이곳 물건들이 싸고 품질도 괜찮아, 귀국해서 한 6, 7년은 두고두고 입을 옷과 신발, 가방을 조금씩 사 가는 것이 경제적으로도 더 낫겠다는 생각마저 드는 요즘입니다.

집으로 돌아갈 날을 얼마 앞두고는 주말을 이용해 옷이나 가방 그리고 신발을 저렴하게 파는 매장들을 둘러보며, 앞으로 몇 년간 쓸 물건을 사기 시작했습니다. 그러다 보니 저도 어느새 아내를 닮아 쇼핑 예찬론자가 된 것은 아닌지 착각하기도 합니다. 부정하고 싶지만 최근 저의 행동은 그런 쪽에 가깝습니다.

단, 과도한 쇼핑은 경제적으로 문제를 가져오고 반생태적 행동의 여지가 될 수 있음을 망각할 수 없지요. 그래서 지금의 물건 사기가 어디까지나 6, 7년의 장기 이용을 전제로 한 전략적 쇼핑에 국한되도록 경계의 끈을 꼭 쥐고는 있습니다.

무절제한 쇼핑벽을 미리 차단하고 생활에 불가피한 전략적 구입만 할 수 있다면, 필요와 억제라는 저울추의 자율신경을 제가 장악할 수 있겠지요. 그렇게 되면 생태적 전환의 과정에서 책임 있는 소비자로서의 최소한의 모습은 갖출 수 있지 않을까 하는 일말의 기대감을 가져봅니다.

생태주의 공부를 하다 보니 생태적 전환기의 책임 있는 소비 행위에 대한 생각을 많이 하게 되고, 그래서 이를 주변 분들에게 설득력 있게 전해야 할 필요성도 많이 느낍니다.

무엇이 생태맹ecological illiteracy, 자연과 생명에 대한 무감각과 무시식의 과소비인지? 왜 우리는 물질적으로 발전하면서도 빈곤감을 더 느끼는지? 왜 우리는 어플루엔자affluenza, 풍요로워질수록 더 많은 것을 추구하는 현대인의 소비심리 또는 소비지상주의로 인해 나타나는 갖가지 증상의 병에 스스로 노출되는지? 어떻게 하면 책임 있는 소비를 함으로써 생태맹의 질곡에서 벗어날 수 있는지?

이 문제에 대한 공부를 더 하고, 불가피한 소비 범주를 확고히 함으로써, 저를 비롯해 주변 분들이 생태맹에서 벗어나 책임 있는 소비자로 거듭나도록 부족하나마 안내자 역할을 해야겠다는 생각이 부쩍 드는 요즘입니다. 그러기 위해 해야 할 공부가 참 많습니다.

# 귀
# 국

2011

귀국! 현재 자신의 처지가 이 말에 해당되는 사람은 그리 많지 않겠지요. 나라 밖에서 한동안 머물다가 나라 안으로 다시 들어갈 때만 성립되는 말이기 때문입니다.

저는 지금 이 말에 해당되는 시기에 처해 있습니다. 이제 20일 뒤면 한국으로 돌아가야 합니다.

귀국을 앞둔 지금, 저의 심정은 담담합니다. 나라 밖에 머물면서 새로운 것도 많이 공부했고, 타국에서의 생활도 정도껏 누려보았습니다.

아내가 함께할 수 없었기에 저는 잠시 엄빠라는 새로운 모험에도 도전해보았습니다. 여러모로 여의치 않았지만, 엄빠생활에 하루도 게으름을 피우진 않았습니다.

나라 밖에서 제가 해야 할 도리는 어느 정도 해낸 것 같아, 귀국을 앞둔 제 마음이 조금은 가볍습니다. 큰 숙제를 마치고 그것을 막 어깨에서 내려놓는 심정입니다.

나라 안으로 홀가분하게 돌아가려면 아직 나라 밖에서 저의 손길과 마음 씀을 요구하는 일들이 조금 남아 있습니다.

이곳에서의 생활 흔적을 완전히 지워야지요. 1년간 타던 차를 팔고 어느새 많아진 가재도구들을 다 처분해야 하며, 여러 가지 복잡다단한 행정 처리를 무탈하게 해놓아야 합니다.

1년간의 생활 흔적을 지우는 일을 앞두고, 일종의 귀국세를 내는 심정이 되었습니다. 귀국세를 잘 계산해 정당하고 적정한 세금을 낸 뒤 귀국행 비행기를 타고 싶습니다.

엄빠생활을 하면서 저는 저를 대상으로 새로운 실험을 많이 해보았습니다. 취사, 빨래, 장보기 등 평소 아내가 해온 집안일을 1년간 해보았습니다. 그리고 에세이, 포토 에세이 등 대중적 글쓰기 훈련도 계획대로 해보았습니다.

얻은 만큼 토해내야 하는 것이 인생이라죠. 많이 배우고 느꼈으니, 귀찮긴 하지만 이곳 살림 정리의 숙제를 잘해내야겠습니다.

마음이 좀 바쁘고 귀찮더라도 귀국세를 잘 낼 수 있도록 조금만 더 움직여보겠습니다. 귀국세를 내는 부담을 즐거운 불편으로 승화시킬 수 있도록 힘을 좀 더 내보겠습니다!

인
생

# LIFE

# 대
# 안

2012

우리 세상살이에는 오직 하나의 길만 있을까요?

물론 많은 이가 공감하고 앞다투어 실행에 옮기려 할 만큼 유행을 타는 삶의 방식이 있습니다. 사람들은 그 보편적인 삶의 길에 권위를 부여하며, 행여 그 길에서 낙오할까 봐 노심초사합니다. 또 가능하면 그 길에서 선두주자가 되려고 피 말리는 경쟁을 일삼지요.

많은 사람이 이처럼 진리로 믿고 길게 줄지어 서는 유행적 삶의 방식이 분명히 있습니다. 속칭 대세죠. 사람들은 이왕이면 그 주류에 편입하고자 그 흐름에 적극 편승합니다.

많은 이가 가고자 하는 그 길이 과연 옳은 길일까요? 특히 모두가 가고자 하는 길이니 그 길에 오르려는 경쟁 또한 극심할 텐데, 혹여나 그 경쟁에서 진 사람들은 도대체 어디로 가야 할까요?

로버트 프로스트의 시 구절처럼 '남이 안 가본 길도 가볼 만한 것'은 아닐까요? 남들이 가보지 않은 길인지라 이정표가 없어 시행착오를 다소 겪더라도, 아무도 안 가본 길이 오히려 창조적인 기회를 더 많이 주진 않을까요? 무에서 유를 만들어내는 창조적 고통을 전제로 한다면, 그 길이 지금 여기서 직면해 있는 많은 문제를 헤쳐 나아가는 한 줄기 빛도 될 수 있지 않을까요?

어차피 막힌 길을 뚫는 방법은 막힌 그 자리에서 계속 파들어 가는 방법도 있지만, 그 반대편에서 파고들 때 더 빨리 뚫릴 수도 있는 법입니다.

많은 사람이 선망하는 대세, 주류, 유행 등에만 편승하거나 안주할 일이 아닙니다. 때로는 대안, 비주류, 비인기 종목 등에서 한 줄기 빛을 더 빨리 발견할 수도 있습니다.

같은 길을 서로 빨리 가려고 경쟁하지만, 그것은 어쩌면 서로가 서로를 닮아가는 못난 길일 수도 있습니다. 서로를 닮은 사람이 많아져서 모두가 생각이 같아진다면, 꽉 막힌 길을 뚫는 방법도 단 한 가지만 생각나기 쉽겠죠.

길을 가는 갖가지 방법을 상정하고 그것들을 모두 존중하며 여러 방법으로 달려볼 때, 그것이 숱한 대안이 되어 막힌 길을 쉽게 뚫는 지혜로 다가올 수 있을 것입니다.

이제부턴 대세보다는 대안, 주류보다는 비주류, 인기 종목과 유행 종목보다는 비인기 종목과 실험 종목에 더 가치를 부여하는, 차이와 다양성을 존중하는 세상으로 우리 모두 발걸음을 옮겨봄이 어떤는지요.

# 경
# 구

2016

　최근 읽은 여러 책의 글귀를 통해, 프란츠 카프카라는 작가를 다시 만날 수 있었습니다.

　카프카는 소설가와는 왠지 잘 어울리지 않는 보험 회사를 다녔습니다. 낮의 직장 일로 매일같이 파김치가 된 몸과 마음이었지만, 그는 밤마다 자기 영혼의 밭 일구기를 숙명처럼 받아들이며 힘든 일상을 살았습니다.

　'우리에게 유일한 인생은 우리의 일상이다. 일상이 우리 인생의 전부이다.'

　이 말은 그런 일상에서 건져낸 평범하지만 엄연한 진리가 담긴 그의 인생론입니다. 일상과 인생의 관계에 대한 그의 통찰처럼, 따분하고 힘든 하루하루가 모여 결국 우리 인생이 완성되지요. 그렇기에 하루하루를 소중하게 생각하고 헛되이 보내지 말아야겠습니다.

'사람들을 물어뜯고 콱 찌르는 책만 읽어라. 두개골을 주먹질로 일깨우는 책을 읽어라. 우리가 필요로 하는 책은 우리를 아주 고통스럽게 하는 불행처럼 우리에게 영향을 미치는 책이지. 책은 우리 내면의 언 바다를 깨는 도끼여야 한다.'

세상살이가 힘들다고 징징대는 사람들을 살짝 응원해주는 달콤한 힐링의 목소리를 담은 책도 더러 필요하겠지만, 본래 책의 기능은 독자들로 하여금 세상사의 허와 실을 정확히 분별할 수 있는 촌철살인의 메시지를 전해주는 것이지요.

뭔가 한 방 크게 얻어맞은 것 같지만, 그로 인해 정신이 번쩍 드는 그런 책을 만날 기회가 있어야 합니다.

돌이켜보면 우리는 체제가 설정한 기존 가치에 세뇌당한 채 살고 있는 경우가 많습니다. "(시장 말고는) 대안이 없다" 혹은 "대의제 민주주의만이 현실 가능한 정치제도이다" 하는 말에 갇혀서, 그 외의 대안을 모색하지 않은 채 현실에 안주하고 맙니다.

두개골을 주먹질로 일깨우는 책을 읽으라는 카프카의 독서론은 고리타분한 기존 가치 체계로부터의 탈주를 권유합니다. 나아가 새로운 길을 찾기 위한 나침반으로서의 책 읽기를 강력히 추천하지요.

오랜 관습과 낡은 가치들이 우리의 삶을 옥죄어오는 현실에서 잔뜩 세뇌된 병든 영혼을 세정洗淨해주는 그런 시퍼런 칼날 같은 책 읽기는 바로 자기 혁명의 시작입니다. 카프카는 그런 자기 혁명을 가능하게 해주는 책이 진짜 책이라는 점을 강조하고 있는 것이지요.

'사람들은 사물을 의미 바깥으로 쫓아내기 위해 사진을 찍는다네. 내 이야기는 일종의 눈감기라네.'

우리는 멋진 곳에 이르러 아름다운 풍경을 발견하면 그곳을 영원히 간직하기 위해 카메라 셔터를 연신 눌러댑니다. "여기에 언제 다시 오겠느냐?"라며 말이지요.

그렇게 정신없이 사진을 찍다 보면, 나는 사진을 찍는 또 하나의 기계일 뿐 장소가 주는 고유의 맛과 멋을 제대로 느끼지 못하는 경우가 많습니다. 찍는 대상과 보는 내가 하나로 연결되지 못한 채 그저 셔터를 누르는 나의 기계적 동작에 의해 대상은 카메라에 기계적으로 저장될 뿐이지요. 장소가 주는 객관적 의미에 대해 주관적 해석자인 나의 고유한 느낌과 해석은 영영 사라지고 맙니다.

'내 이야기는 일종의 눈감기'라는 카프카의 말은 매체에의 어설픈 의존 때문에 주체와 대상이 단절되는 것보다는 차라리 대상과 주체의 온전한 일치를 방해하는 시각은 아예 치워버리고 진정한 청각을 키우라는 주문 같습니다.

그래서 위의 말은 귀다운 귀와 마음의 눈으로 세상사에 집중할 것을 권하는 작가의 인식론적 진정성과 생의 지혜가 고스란히 담긴 또 하나의 멋진 경구警句로 우리에게 다가옵니다.

# 내공

2016

겉은 참 화려하지만 금방 바닥이 드러나는 사람이 적지 않습니다. 속이 꽉 찬 사람을 발견하기가 그리 쉽지 않은 요즘입니다.

대화하다 보면 진영 논리에 빠져 있는 사람이 의외로 많습니다. 진영 논리는 아닐지라도 세속적 가치판단의 획일적 기준에서 한 발짝도 벗어나지 못한 채 주류의 이념적 스펙트럼 논조에 치우쳐 자기 말을 애써 조율하는 사람들을 보게 됩니다. 주변에서 신선한 목소리를 찾고 뭔가 대안적 울림이 있을 법한 곳에 귀도 기울여보지만, 그런 울림들은 쉬 들려오지 않습니다. 한마디로 말해, 깊은 내공에서 샘솟는 정연한 논리와 일당백의 책략이 드문 현실입니다.

내공은 오랜 사유와 부단한 궁구가 무르익어, 사람의 몸과 마음속에서 여러 번 다져져 튕겨 나오는 촌철살인의 말과 힘입니다.

내공을 쌓기 위해선 단단한 담금질이 전제되어야 합니다. 그래야 자신과의 싸움에서 스스로를 이겨낸 진통의 흔적이 몸과 마음속에 켜켜이 쌓이겠지요.

내공을 쌓기 위해선 내면으로의 기나긴 여행도 필요합니다. 마음속에서 새로움을 꿈꾸고 그 새로움의 진정성을 검증해내는 오랜 정련의 과정이 필요합니다.

속으로 다지는 것은 참 어렵습니다. 그러나 속으로 다지는 고행의 시간이 없으면 어렵사리 터득한 일순간의 지혜와 깨우침은 한순간에 날아갑니다.

내공은 내면으로의 먼 여행과 오랜 마음 숙련을 통해 완전히 자기 것이 되어, 어떤 상황에 부딪혔을 때 생각보다 먼저 튀어나오는 자연스런 몸짓과 마음 씀입니다. 마치 '신체화된 인지'처럼 말이지요.

내공이 쌓여야만 통찰이 나옵니다. 삶의 깊은 곳에서 우러나오는 판단력과 진중한 말에는 무게감이 실려 있습니다. 그만큼 진지한 사유와 마음의 숙련은 무르익은 지혜를 보장해줍니다.

자! 우리 모두 마음의 깊은 산속으로 들어가볼까요? 차디찬 계곡물에 몸을 씻고 힘찬 폭포에 몸을 맡겨 자신의 영혼을 세정해볼 일입니다.

청신한 몸과 마음으로 자신의 내면에 집중해보죠. 내면의 소리에 귀 기울이고 그것을 마음속 깊숙이 간직해야겠습니다.

그리고 가장 정직한 자세로 담금질의 결과물인 자신의 생각과 뜻을 진심을 다해 세상에 설파할 시간을 가늠해야겠습니다.

# 이
# 름

2014

이름은 어떤 생명체나 사물에 대해 명명命名한 것입니다. 그래서 이름에는 명명하는 대상의 특징 등 그것에 대한 기본 정보가 담겨 있습니다. 우리는 그 정보를 토대로 명명 대상에 대한 일정한 지칭指稱을 그것의 이름으로 부르기로 약속합니다. 그리고 그 약속에 입각해 그것의 이름을 대화, 교환, 거래의 도구로 사용합니다.

생명체나 사물의 이름이 있기에 우리 사이에 대화가 가능하고, 서로의 뜻과 의사가 통하고, 거래나 교환이 순조롭게 진행되는 것입니다.

이름이 거래나 대화의 단순한 도구로만 쓰이는 것은 아닙니다. 우리가 "이름값 좀 해라"라고 말할 때의 이름은 명명 대상인 사람의 사람됨을 요구하는 윤리적인 말입니다. 이 말은 자신의 이름을 더럽히지 말라는, 나아가 남에게 귀감이 될 만한 가치 있는 행동을 할 것을 상대에게 준엄히 요구하는 경고 메시지도 담고 있습니다. 즉, 여기서 이름은 거래나 교환의 단순한 도구를 넘어 사람다운 품격과 인격체로서의 정체성을 지향하는 윤리적 그릇의 의미를 내재합니다.

우리는 자신의 이름을 널리 알리고 드높이려는 욕심이 많습니다. 그러나 이름값 제대로 하며 살려는 진정성은 상대적으로 덜 중시되고 실생활에서도 덜 표출합니다. 그러다 보니 세상은 저마다 자기 이름을 만방에 떨치고 크게 인정받으려는 인정투쟁의 장이 되기 십상입니다.

욕망이 넘실대는 이런 사익 추구의 세계는 이름값을 제대로 하기 위해 개인이 치러야 할 육체적 헌신과 마음의 진정성이라는 비용을 우습게 여깁니다.

불행히도 남들이 인정하지 않는 그런 사익에 오염된 이름은 허명虛名이기 쉽습니다. 자신은 본인의 이름을 드러내놓고 소리 높여 부르지만, 정작 남들은 그 이름에 담긴 여러 직함과 자가발전식의 사적 메시지에 쉽게 귀 기울이지 않습니다. 그런데도 사람들은 자기 이름을 드높이려고 오늘도 허명의 굴레에 스스로 갇힙니다.

우리 사회는 좋은 게 좋은 것이라는 식으로, 자신과 타인의 그릇된 행동에 대해서 너무 관대합니다. 자신의 허물이 뭔지도 모른 채 그것을 되풀이합니다. 타인의 잘못에 대해서도 그냥 후지부지 넘어갑니다. 그러니 이름값 제대로 하는 사람을 주변에서 찾아보기가 점점 어려워집니다.

자신의 얼굴에 욕되지 않도록 자신이 설정한 행동의 원칙을 잘 지켜나갈 때, 더 나아가 남을 위해 조금이라도 진실한 행동을 하려고 노력할 때 이름은 저절로 치켜세워집니다. 그 이름에 정당성이 부여되고, 너나없이 그 이름의 주인공을 이름값 제대로 한 사람으로 기억하며 널리 칭송하게 됩니다.

물론 이런 결과를 얻어내려면 순간의 사익 때문에 자신의 이름을 더럽히지 않으려는 본인의 내적 윤리 기제가 마음속에서 강하게 작동되어야겠지요. 자신의 이름을 걸고 자기 얼굴과 행동에 책임을 지려는 외유내강식의 행동 강령 또한 필요합니다.

번역가이자 소설가였던 고故 이윤기 선생은 그런 점에서 귀감이 되는 본인의 진솔한 체험 하나를 책에서 들려준 적이 있습니다.

선생이 미국을 방문했을 때의 일입니다. 그와 동행한 사람이 어느 미국인 교수에게 선생을 'novelist'로 소개하자 미국인 교수는 선생에게 "지금까지 장편소설을 몇 편 썼느냐?"라고 물었습니다. 그가 아직 장편소설을 쓴 경험이 많지 않다고 하자 "그렇다면 당신은 'writer'이지 'novelist'는 아니다"라고 지적했다고 합니다.

그는 이 말에 크게 당황해 이후 장편소설 집필에 몰입하였고, 이후 실력 있는 번역가를 넘어 소설가로서의 입지를 다졌다고 합니다.

옛사람들은 사람들 간의 관계윤리에서 비롯되는 책임윤리를 중시했습니다. 즉 부모는 자식과의 관계에서 부모답게, 스승은 제자와의 관계에서 스승답게, 윗사람은 아랫사람과의 관계에서 윗사람답게 행동하려고 노력했지요.

비록 수직적 인간관계를 상정하긴 했지만, 윗자리나 높은 지위에 걸맞은 역할을 통해 타인과의 바람직한 관계가 유지되도록 각자의 책임 의식을 중시했던 것입니다. 그래서 사람들 간의 관계를 자기 관점에서 자의적으로 해석하고 함부로 행동하는 자에겐 손가락질이 뒤따랐습니다. 사람답지 못하다는 마을 공동체의 따끔한 지적이 있었던 것이지요. 사람답기 위해선 그만큼 이름값을 제대로 하는 것이 가장 소중한 덕목이었던 것이지요. 그것이 바로 정명正名 사상입니다.

자신의 이름을 더럽히지 않기 위해 사람다운 마음씨와 그것의 행동적 표현에 고민하는 이들이 많아야 맑은 사회입니다. 그런 사람들에게선 숲속 나무와 같은 청명한 향기가 납니다. 그들의 이름은 우리 입속에서 언제나 맴돌고 우리 귀에 오래도록 들려올 것입니다.

자기 이름에 걸맞은 행동과 마음의 표현을 고민하고, 또 이름값을 하려고 노력하는 이들을 사람다운 사람으로 인정해주는 넉넉하고도 맑은 사회를 만들어야겠습니다. 그러기 위해선 이름에 걸맞은 행동을 단호히 하고 또 그것을 지키기 위해 서로가 견제하면서도 따뜻한 독려 또한 잊지 않는 정명의 정신과 깨어 있는 마음이 필요하겠지요.

# 일
# 기

2012

40대 초반부터인가? 나이 먹으면서부터 일기를 쓰기 시작했습니다. 하루하루를 열심히 살았지만 마음속에선 어느 하루도 말끔히 정돈되지 않은 채 세월만 자꾸 흘러갔습니다. 그리하여 일상을 성찰도할 겸 그리고 무슨 글 하나 쓰려면 엄청나게 밀려오는 글쓰기 공포로부터 조금이라도 자유로워지고 싶어서 글쓰기 훈련의 일환으로도 일기 쓰기를 시작한 것 같습니다.

종종 이전에 썼던 일기를 들여다보면, 중세 철학자의 참회록을 흉내 낸 듯, 나를 발가벗겨 난도질하는 듯한 자아비판식 일기가 적지 않게 눈에 띕니다.

때로는 극단적 심미주의 시를 써대는 서양 시인들처럼 나의 일상을 한껏 찬미하는 유치찬란한 일기도 있었습니다. 어떤 날은 그냥 하루 일을 시간순으로 쭉 나열해 기록하는 일지 형식의 지루한 일기를 남기기도 했습니다. 어떤 날은 운율까지 고려해가며 하루의 일상을 황홀하게 치장하려고 일기를 쓰며 마음이 분주했던 날도 있었던 것 같습니다.

지금 와서 생각해보면 그 형식이야 어떻든, 내가 온전히 살아 있었던 날들로 기록된 일기가 제일 기억에 남습니다. 그것이 삶의 처절한 반성이어도 좋았고, 무엇인가를 열심히 해내 만족한 날에 대한 스스로의 축하 글이어도 좋았습니다. 일기를 통해 나를 반성하고, 또 일기를 통해 나를 칭찬하기도 했던 것입니다.

일기를 오래 쓰다 보니, 이제는 일기의 주인공으로 다른 사람들 혹은 사회나 자연이 등장하는 날들도 가끔 있습니다. 그런 일기는 사회의 단면을 기록하고 분석하는 칼럼 비슷한 것, 혹은 자연세계의 진리와 아름다움을 기록한 생태계 보고서 같은 것이 됩니다. 그런 일기를 남긴 날은 내가 온전히 사회와 자연과 접속해 하루를 의미 있게 살아보려고 애쓴 날이었던 것 같습니다. 비록 여러모로 못난 나이지만, 사회현상의 객관적 분석자로서 혹은 자연세계의 아름다움을 생생히 전하는 리포터로서 또 다른 모습의 내가 일기 속에 등장했던 날입니다.

이제는 자아비판식 혹은 자화자찬식 일기의 대상이 되는 날보다는, 나 스스로가 사회현상의 설명자나 자연 통신원으로서 등장하는 그런 일기를 더 많이 쓰고 싶습니다. 그러기 위해선 멍청하게 하루를 낭비해서는 안 되겠지요. 성급한 마음에 일을 그르치고 진종일 저주스런 마음에 자신을 지옥의 세계로 빠뜨리는 그런 어처구니없는 하루를 만들어서도 안 되겠지요.

오늘의 일기 쓰기가 내가 가고 싶은 세상으로 한 발 더 가깝게 가기 위해 내일의 삶을 설계하고 구상하는 그런 시간이 될 수 있도록 더욱 노력해야겠습니다.

# 통
# 찰

2016

흔히 "아는 만큼 보인다"고 합니다. "보는 만큼 느낀다"고도 합니다.

이에 한마디 첨언하면, '느끼는 만큼 본 것을 본질적으로 이해할 수 있을 것' 같습니다. 또 그것에 대해 '정확히 얘기할 수 있을 것' 같습니다.

그렇다면 어떻게 보아야 제대로 느끼고, 또 본 것에 대해 정확히 이해하고 얘기할 수 있게 될까요?

첫째, 현미경이나 돋보기로 세상을 당겨서 보는 방법이 있지요. 그렇게 하면 보고자 하는 대상을 세밀하게 볼 수 있습니다. 그러나 아쉽게도 현미경으로 보면, 보고자 하는 대상을 배태胚胎한 큰 맥락은 잘 볼 수 없는 문제가 따릅니다. 그래서 대상이 속해 있는 전체적인 큰 그림을 그리기가 어렵지요.

둘째, 망원경으로 세상을 확대해서 보는 방법도 있습니다. 그러면 먼 곳은 아주 잘 보입니다. 이 경우는 보고자 하는 것의 미시적 단면을 볼 수 없다는 단점이 있습니다. 거시적 현상의 미시적 기초를 아예 모르게 되지요.

셋째, 광각 렌즈를 장착해 세상을 넓게 보는 방법도 있습니다. 그러면 표준 렌즈보다 넓은 화각畫角을 확보해 더 많은 것을 프레임 안에 넣을 수 있습니다. 여기서도 한 가지 아쉬운 점이 발생하는데, 프레임의 중심부 상像은 커져 보이는 데 비해 주변부의 상은 작아지고 흐릿하게 보이는 등 상의 왜곡이 심하고 뒤틀리는 치명적 약점이 드러납니다.

망원경으로 멀리 보되 대상의 미시적 단면도 같이 보기 위해서는, 또 광각 렌즈를 통해 넓게 보되 작아진 주변부의 상을 왜곡되지 않게 보기 위해서는, 현미경이나 돋보기를 허리춤에 차는 수고로움을 잊지 말아야겠습니다.

보는 만큼 제대로 느끼고 또 느낀 만큼 본 것을 정확히 이해하기 위해서는, 그래도 일차적으론 망원경을 통해 긴 호흡으로 멀리 보기와 광각 렌즈를 장착한 넓게 보기가 선행되어야 합니다. 그래야 전체를 아우르는 넓은 시선과 맥락적 이해가 가능합니다.

긴 호흡으로 멀리 보기와 넓게 보기는 그런 점에서 장기적 시간관觀과 세상사에 대한 전체론적 접근을 가능하게 합니다.

멀리 보기와 넓게 보기의 반복적 시행과 보고 난 느낌의 부단한 축

적은 우리로 하여금 세상사의 거시적 결과와 그것을 잉태한 본질적 원인을 연결시켜 사유하게 합니다. 그렇게 함으로써 세상사의 본질을 한눈에 꿰뚫어 볼 수 있는 힘, 즉 통찰력을 갖게 합니다. 본래 하나의 텍스트는 그것의 콘텍스트, 즉 맥락 속에서 가장 잘 읽히는 법입니다.

물론 멀리 보기나 넓게 보기만이 능사는 아닙니다. 세상사의 거시적·본질적 이해를 넘어 세상사를 구성하는 존재들 간의 질서 있는 관계를 파악해내기 위해서는 현미경이나 돋보기를 통한 미시적 보기와 관계론적 접근이 뒤따라야 합니다.

특히 오늘의 난제를 초래하는 데 직간접적으로 얽히고설킨 우리의 자화상을 촘촘히 연결시켜 자세히 해부해봐야 할 필요도 있습니다.

현미경식 들여다봄을 통해, 사람들 간의 밀접한 관계, 또 사람과 자연 서식지 간의 떼려야 뗄 수 없는 불가분의 관계를 스스로 깨닫고 느끼는 것이 매우 중요하지요.

세상 만물과 세상 속 사람들이 하나로 합쳐지지도 않지만 그렇다고 둘로 나누어볼 수도 없는 불가분의 관계론적 존재, 즉 불이ㅈ=의 관계에 있음을 한껏 느껴보는 것입니다.

현미경의 눈으로 나와 이웃, 나와 자연 서식지 간의 불가분의 관계성을 깊이 들여다볼 줄 알고 그 불이함을 진정으로 느낄 줄 안다면, 우리가 살아가는 이 세상의 질서를 조금 더 올바른 관계 맺음 속에서 잡아갈 수 있겠지요.

결국 우리가 세상에 대한 통찰력을 얻기 위해선, 우선은 망원경식 멀리 보기와 광각 렌즈식 넓게 보기를 통해 장기적 시간관과 전체론적 사유의 습관을 반복해서 익혀야 하겠습니다. 또 보고 느낀 결과를 머리와 마음속에 부단히 축적하려는 노력도 필요합니다.

그다음엔 망원경과 광각 렌즈의 한계를 보완하기 위한 현미경식 밀착 보기를 통한 세상 만물의 관계론적 존재성 인식도 병행돼야겠지요.

세상사에 대한 장기적 시간관과 전체론적·관계론적 접근은 세상의 본질을 한눈에 꿰뚫어 볼 수 있는 통찰력을 우리에게 듬뿍 전해줄 것입니다.

그런 통찰이 세상의 평온한 질서와 세상 속의 올바른 관계 맺기를 인도해주는 촌철살인의 지혜로써 작용할 것임은 두말할 나위가 없겠습니다.

# 시
# 인

2012

　시인은 손에 든 물질은 적어도, 마음의 크기는 작지 않은 사람들입
니다.

　시인은 세상의 본질을 들여다보는 마음의 눈이 크고, 주머니 안의
쌈짓돈은 적어도 세상의 진실과 아름다움을 지어내는 상상력의 종잣
돈은 크게 갖고 있습니다.

　시인은 자신이 쓸데없다고 생각하는 것은 귀찮아 다 버리지만, 남
이 쓸데없다고 버리는 그 무엇을 소중히 여기고 애써 지켜내려는 사
람들이지요.

　그들은 원래 쓸데없는 것은 속에서 다 비어내야 쓸데 있는 다른 무
엇으로 속이 가득 채워질 것이라고 생각하며, 쓸데없는 것의 비어 있

음을 구차하게 생각하지 않습니다.

물론 쓸모 있음과 쓸모없음의 분별조차 인간의 얄팍한 이기심이 작동해 만든 판단의 함정이지만, 세속적 욕망을 굳이 외면하려는 시인의 분별엔 신뢰가 갑니다.

시인은 몸의 덩치는 작아도 비겁하지 않습니다.

옳고 그름에 대한 생각이 분명하고 부끄러운 짓에 대한 면역 체계가 없어, 부끄러워 낯이 얇아야 할 때는 누구보다도 낯이 얇습니다. 홍당무가 되기 십상입니다. 그러나 세상의 부끄러운 짓거리에 대해선 목숨을 마다하지 않고 준열히 꾸짖습니다. 물론 세상의 이치에 대한 공부가 반듯해, 세상의 본질에 심지를 밝히며 우리가 나가야 할 길을 먼저 응시하기도 합니다.

창비문학 블로그의 박성우 시인의 말을 빌리자면, 시인은 '자신이 쓰다 남은 볼펜 한 자루라도 그것을 대신 써야 할 사람이 생기면 그것을 그의 손에 살며시 쥐어주는' 사람입니다. 그 볼펜 한 자루의 유용성을 누구보다도 더 잘 알고 있기 때문입니다. 펜이 총보다 무게감이 있는 세상이 오길 고대하는 사람이 바로 시인입니다.

# 기
# 대

2012

저는 요즘 뭔가를 기대하고 그 결과를 기다리는 것이 꽤 힘든 일임을 진하게 체험하고 있습니다.

복잡한 문제에 봉착하면 우리는 그 문제를 해결하기 위해 동분서주합니다. 물론 문제 해결이 빨리 되면 더 말할 나위 없이 좋겠지요. 그러나 대개는 마음만 바쁘고 문제 해결이 더디게 되는 경우가 더 많습니다.

내가 열심히 노력한다고 해서 문제가 해결되는 것이 아니라, 접촉하는 상대의 적극적 협력을 전제로 해야 할 때는 문제 해결이 더 쉽지 않습니다.

나의 기대가 큰 만큼 상대방도 똑같이 나에 대한 기대감을 갖고 있을 것입니다. 나만 바쁘다고 생각하고 그의 입장을 헤아리며 여유롭게 기다려주지 못한다면, 일이 쉽게 성사될 리 없고 마음의 상처만 커질 뿐입니다. 결과에 대한 기대가 클수록 실망 또한 적지 않아, 가끔 우리 생활에 어두운 그림자가 드리워질 수 있습니다.

그래서 상대방에 대한 기대감을 줄이고 나 스스로가 일을 추구하는 데에서 최선을 다했는지 그것만 점검할 필요가 있습니다. 최선을 다해 일을 도모했는데도, 결과가 좋지 않은 것은 내 탓이 아니라고 마음을 정리하는 연습도 필요합니다. 상대방 탓도 아닙니다. 그도 나만큼 좋은 결과를 바라며, 큰 기대감으로 나와 접촉했을 수 있기 때문입니다.

최선을 다해 일을 도모하고 결과는 담담하게 기다릴 뿐입니다. 성급한 마음을 접고 내가 노력한 것만큼의 결과만 기대하다 보면 오히려 마음이 편해집니다. 편한 마음으로 기다리다 보면 나 스스로가 일의 결과에 영향을 덜 받게 되어, 마음에 큰 동요가 일어나지 않습니다. 자족自足하면 그만이라는 여유도 생깁니다. 그래서 일이 더 잘 풀릴 수도 있습니다.

문득 얼마 전에 읽은 글귀 하나가 생각나는군요.

'비관론자의 생각이 대체로 옳고, 낙관론자의 생각은 대개 틀리다. 그러나 세상의 변화는 낙관론자에게서 온다.'

# 최
# 선

2013

우리는 최선이라는 말을 언제 많이 사용할까요? 무엇을 도모하는 과정에서일까요? 아니면 어떤 행동의 결과로, 최선이라는 말을 떠올리게 될까요?

컴퓨터 한글사전에서 최선이라는 단어의 뜻을 방금 찾아보니, 그 구체적 의미보다는 이 말이 가장 잘 쓰일 법한 용례들만 모니터 화면에 가득 뜹니다. '최선을 다하다', '최선의 방책이다', '최선의 노력' 등 등…….

최선이라는 말은 이처럼 어떤 만족스런 결과의 획득 등 결과적 의미 이전에, 뭔가를 얻기 위해 반드시 밟아가야 할 과정으로서의 의미가 더 강하다는 생각이 듭니다. 결과를 얻기 전에 필히 선행되어야 할 어떤 절차적 의미를 가진 말이라는 것이지요.

그렇다면 최선의 과정을 밟아야만 비로소 우리가 원하는 결과가 온다는 의미가 성립됩니다. 아니면 최선의 노력을 다해야만 최선은 아니더라도 차선의 결과가 올 수 있고, 어떤 상황에선 최악의 결과를 면할 수 있다는 뜻이 되기도 하겠지요.

불행히도 우리는 과정보다 결과의 의미로써 이 말을 더 많이 사용해오지 않았나 생각됩니다. 바람직한 행동의 전제 없이 만족스런 결과만 얻으려 한 것이죠. 떡 줄 사람은 생각도 하지 않는데 김칫국부터 마시는 형국이었던 것입니다. 그러다가는 최선의 결과는커녕 자칫 최악의 상황 속으로 함몰될 수도 있습니다.

연목구어緣木求魚, 나무 위에서 물고기를 구할 수는 없는 법입니다. 겸허한 마음으로 매사에 '올인'하는 나의 적극적 과정이 전제될 때만 내가 원하는 쪽으로 좋은 결과가 정당하게 찾아올 것입니다. 그러한 희망 아래, 하루하루의 일상에 매진해야 할 필요가 있습니다.

그러고 보니 '최선'이라는 말은 '사필귀정事必歸正'이라는 말과 형제지간인 것 같습니다. 최선은 절차적 정의procedural justice라는 말과도 상당히 친화적인 말입니다.

어느새 최선이라는 말은 우리 모두가 하루하루의 일상에서 반드시 참고하고 준수해야 할 제일의 행동 강령이 되어 있습니다.

# 웃
# 음

2016

강수돌의 저서 《시속 12킬로미터의 행복》에 '웃을 수 없는 사람은 이미 죽은 사람이다', '사람은 마흔에 죽어 일흔이 되어서야 땅에 묻힌 다'라는 구절이 나옵니다. 삶의 무게가 현실적으로 극에 달하는 40세 전후에 우리가 삶에 지쳐서 더 이상 웃지 않게 된다면, 비록 70세에 죽더라도 실제로 40세 이후의 30년 동안은 정신적으로 죽은 것과 마찬가지의 딱한 처지라는 것입니다.

이 책에서도 잠시 소개되지만, 자유학교 '서머 힐'의 창시자 알렉산더 닐은 아이들이 한껏 웃으며 성장하도록 하기 위해 자유를 추구하는 교육 혁명을 제안한 바 있습니다. 아이들을 믿고 존중하며 그들의 판단을 지지하는 자유교육을 강조했던 것입니다.

불행히도 살인적인 입시 경쟁으로 인해 우리의 아이들은 10세부터 학원들을 넘나들며 친구와 점수 경쟁을 시작합니다. 입시 경쟁에 치여 그 고운 얼굴에 핏기가 사라지고 그 예쁜 얼굴에서 웃음이 사라지고 있어 걱정입니다.

우리가 살아내야 할 세상이 인생 100세 시대라서 더 우려됩니다. 10세에 벌써 웃음을 잃어버린다면 100세에 땅이 묻힐 때까지 90년이라는 기나긴 세월을 혹시 '살아도 산 것 같지 않게' 되는 것은 아닐까 두렵습니다.

남보다 빨리 가기 위해 혼자서 외롭게 뛰어가며 자신을 점수 따기 기계, 성과 기계로 만들기보다는 인생 100세 시대라는 먼 길을 친구와 장난도 치고 세상이 떠나갈 정도로 크게 웃으며 함께 갈 수 있도록 어른들이 신나는 세상을 만들어줘야겠습니다. 경쟁과 성과와는 확연히 다른 삶의 가치 체계를 만들어내고, 그것이 하루빨리 현실화되도록 어른들이 대안 세상을 만들고 실천해야 합니다. 결국 어른들이 먼저 변해야 합니다. 욕심을 버리고 마음을 비우고 속도 경쟁에서 빠져나와야 합니다. 소유를 쫓는 성과 기계보다는 함께 삶의 의미를 궁구하고 조용히 실천에 옮기는 겸손한 존재자가 되어야겠습니다.

네팔 남부에서 인도로 향하는 '테라이 기차'의 속도가 시속 12킬로미터라고 합니다. 어른들이 속도 경쟁에서 벗어나 여유로운 마음으로 세상사를 대하며 비로소 웃기 시작할 때, 아이들도 풀밭에 누워 맑은 미소를 지으며 자신의 꿈을 찬찬히 설계해보는 날이 앞당겨질 수 있지 않을까요?

# 인
# 생

2012

　나이를 한 살 한 살 더 먹을수록 젊은 날의 행동에 대해 참 가소롭다고 느끼며 후회할 때가 많아집니다.

　그간의 근거 없는 자만감, 그간의 쓸데없는 경쟁심, 그간의 옹졸함, 그간의 마지못해 함, 그간의 비겁함, 그간의 견강부회, 그간의 우격다짐 등등! 한마디로 모순 덩어리였습니다.

　젊은 날 학문의 길에서 여러 걸음 나아간 줄 알았는데, 지금 와서 점검하니 사회적 울림이 없는 우물 안 공부였습니다.

　젊은 날 남과는 다른 가치관과 스타일을 고집하며 나만의 세계관을 절차탁마한 줄 알았는데, 지금 와서 돌이켜보니 아집과 오만으로 가득 찬 갈지자걸음의 인생이었습니다.

그간 제가 제일 잘 안다고 생각했던 '나'라는 사람이 진정으로 원하는 '내'가 아니었음을 이제야 겨우 알게 되다니, 지천명知天命을 훌쩍 넘은 제 나이가 정말 부끄러울 뿐입니다.

저에게 아직 한 조각 철학 지식이 남아 있다면, 그것으로써 제가 존재해야 할 이유에 대해 다시금 곰곰이 따져보고 싶습니다.

저에게 한 조각 성찰의 심정이라도 남아 있다면, 제가 더 이상 해선 안 될 짓들에 대해 강력한 자율적 속박 장치를 걸어둘 것입니다.

혹시라도 한 조각의 반에 반이라도 지혜 비슷한 것이 남아 있다면, 그간의 삶을 낱낱이 기록하는 참회록을 써야겠습니다.

그것으로써 참회의 고통을 달게 맛보고, 저의 참회가 저의 발걸음을 조금이라도 바르게 할 수 있다면, 이 뒤늦은 인생 공부에 여한이 없겠다는 생각을 조용히 해봅니다.

# 낭
# 만

2016

　낭만하면 '오직 한 번뿐인 인생'이라며 재미있게 노는 데만 몰두하는 한량들의 모습이 단번에 떠오릅니다.

　삶에 대한 비현실적 태도에서 한 발짝도 벗어나지 못한 채 꿈속을 헤매는 듯 비이성적으로 살아가는 사람 등등 부정적 이미지들도 쉽게 떠오릅니다. 그래서 어지간한 사람들은 낭만적이라는 말을 그리 탐탁지 않게 여깁니다.

　그러나 우리가 생각하는 비낭만적인 상황과 대비시켜서 낭만의 의미를 따져보고, 실제로 온당한 낭만적인 삶을 자세히 들여다보면, 낭만은 전혀 다른 의미로 다가옵니다. 그럼 낭만적이지 못한 경우는 어떤 경우인지 먼저 살펴볼까요?

일에 지나치게 치우쳐 사는 일중독자나 일벌레들이 금방 떠오르지요. 돈을 벌 줄만 알지 쓸 줄 모르는 자린고비들도 낭만적이지 못한 사람들로 주변 사람들의 눈총을 받지요.

매사를 계획대로만 진행하고 기계적으로 살아가야만 안도의 한숨을 쉬는 사람들, 그래서 마음의 여유가 없고 늘 뭔가에 쫓기듯 자기 일상을 다그치며 살아가는 사람들도 낭만과는 좀 거리가 먼 이들로 간주되지요.

위에서 언급된 낭만적이지 못한 사람들의 공통점을 헤아려보면, 뭔가 현실에 철저히 지배당하며 현실의 감옥 속에 갇혀 오도 가도 못하는 그런 안타까운 삶이 공통분모로 다가오지요. 물론 최선을 다해 열심히 사는 것은 좋지만 자기 삶의 방식에 대해 스스로도 감옥살이처럼 느낀다면 문제는 좀 있습니다.

이쯤에서 오영욱이 쓴 책《나한테 미안해서 비행기를 탔다》의 책 제목을 상기해보지요. 제목만 딱 봐도 더 이상 현실에 지배당하지 않고 새로운 삶을 위해 탈주의 결행을 꿈꾸는 한 사람의 각오 같은 것을 생생히 느낄 수 있습니다.

살다 보면 우리는 현실의 무게에 짓눌린 일상에서 잠시라도 자신을 구해내기 위해, 나아가선 비루한 현실에 더 이상 지배당하지 않고 자신을 자유롭게 할 방법을 갈망합니다. 현실이 설정한 기존의 힘겨운 경로 의존성에서 벗어나 '새로움을 모색하기 위해 어서 탈주하라'는 내면의 목소리가 마구 들려올 때가 있습니다.

뭔가 의미 있게 살기 위해, 무엇보다도 자신이 온전히 살아 있음을 느끼기 위해, 새로운 꿈을 꾸고 새로운 목표에 도전하려는 적극적 마음 자세가 낭만적이지 못한 상황에서 우리를 구해줍니다.

일찍이 낭만주의자들은 '고전주의의 법칙성과 사실성이 낳은 이성적 폭력 앞에 질식된 당대의 사람들이 답답한 삶의 감옥에서 벗어나도록 하기 위해, 자유와 무법칙성, 이상에의 동경과 신비감, 감성, 독창성 같은 삶의 요소를 중시했다'고 합니다. 낭만주의자들은 '인간을 우물에 비유해, 낭만주의를 가능성이 가득 찬 저수지로 보았던' 것입니다(민족문화대백과사전 참조).

낭만은 이런 점에서 보면 현실을 도피하며 무작정 인생을 즐기는 것이 아닙니다. 지나친 감상에 빠지거나 무모한 꿈을 꾸는 것도 아닙니다. 현실을 열심히 살다가 문득 그 현실에 숨이 막힐 때 더 이상 현실에 지배당하지 않기 위해 새로움을 꿈꾸는, 자신이 좀 더 새로워지기 위해 다른 삶을 결행하는 그런 '용기' 같은 것입니다.

'카르페 디엠carpe diem!'

이 말은 인생은 한번뿐이기에 어제도 진종일 놀며 보낸 사람에게 오늘도 화려하게 놀며 살라고 무한대의 자유를 부여하는 말이 아닙니다. 내일을 위해 오늘을 인내해온, 그래서 현실의 삶에 지친 사람들은 용기를 내어 애써 비낭만적인 상황에서 벗어나 '지연된 보상'을 이제라도 향유하라는 말이지요.

'내일은 더 나아지겠지' 하며 아무런 기쁨도 없이 기약도 없이 오늘을 참기보다는, 지금 여기에서 내가 진정으로 존재하기 위해 새로운 감성을 가지려고 노력하는 '탈주'가 낭만입니다.

머리가 명령하는 대로 살지 않고 탈주해서 가슴이 원하는 대로 자유롭게 살아가기! 그럼으로써 새로운 머리로 재충전하려는 진정한 자기 버리기, 새로운 채움을 전제한 '과감한 비움'이 낭만입니다. 그럴 때 머리보다 가슴으로 존재하기, '지금 여기에 있기'가 조금 더 가능해집니다.

결국 현실에 더 이상 지배당하지 않기, 새로운 꿈꾸기가 진정한 낭만적 상황입니다. 그런 점에서 낭만을 꿈꾸는 사람은 자기 혁명을 도모하는 혁명아입니다.

그 혁명이 좌초되더라도 그는 최소한 암울한 일상에서 벗어나 삶의 기쁨을 새로 맛보는 소중한 경험을 합니다. 그 작은 경험이 그의 삶을 조금씩 다른 쪽으로 인도해줄 것입니다.

학
문

STUDY

# 학
## 문

2012

'나무는 보고 숲은 보지 못한다.'

이 말은 세상을 너무 편협하게 보지 말고 전체를 크게 볼 줄 알아야 한다는 경구입니다. 분명히 맞는 말입니다. 그러나 이 말엔 약간의 어폐도 없지 않습니다.

숲만 크게 보고 나무는 자세히 보지 못하는 것도 세상살이의 올바른 지혜는 아니라는 생각이 요즘 부쩍 듭니다.

때로는 거시의 기초인 미시를 볼 줄 알아야 할 때도 있고, 미시를 잘 알아야 거시도 더 잘 보게 되는 것 같다는 생각이 종종 듭니다.

공부하는 스타일에 비추어 이를 얘기할 수도 있겠습니다. 일례로 저의 공부 방법은 나무를 보는 것보다는 숲을 보는 공부입니다. 거시적 차원에서 연구의 대상을 크게 보고 폭넓은 관점에서 규범적 대안을 주로 찾습니다.

따라서 공부의 이유와 그 방향성은 좋습니다. 단, 공부의 결과물이 추상적 논의에 그치기 쉬워 바로 써먹을 수 있는 구체적 처방책이 제 공부에선 결여되기 쉽습니다.

올바른 방향으로의 선도 역할을 하는 레이더형 공부도 중요하고 의미가 있습니다. 그러나 때로는 그 올바른 방향을 향해 구체적으로 돌진해 들어가는 돌격대형 공부의 유용성도 부정할 수 없습니다.

그런 점에서 나무와 숲을 동시에 볼 줄 알고, 나무와 숲을 공진화共進化시킬 줄 아는 공부 방법을 터득할 시점에 와 있음을 요즘 뼈저리게 느낍니다. 제가 잘하는 거시분석의 규범적 방향타에 입각하여 미시적, 구체적 처방전을 조선 시대 선비관료들의 방책方策 개념에 의거해 제시해내는 실사구시實事求是의 공부를 진화시켜 나가야겠습니다.

이제라도 거시와 미시의 학문적 연계 필요성을 깨달아 다행입니다. '크게 생각하되 구체적으로 행동하라'라는 현실의 슬로건도 눈여겨볼 만합니다.

지금까지 큰 틀로 알아낸 것을 잘게 쪼개서 재차 들여다본 뒤, 잘게 쪼개진 그것들 하나하나의 가야 할 길을 큰 틀 위에서 재정비하여 소상히 제시해내는 그런 방책의 공부를 지금 눈앞에 두고 있습니다.

봄비가 오늘도 내렸습니다. 봄비에 젖은 나뭇잎은 막 세수를 끝낸 소녀의 얼굴입니다. 물론 빗물에 시커멓게 변한 나무 기둥과 큰 줄기들은 청년의 굳센 팔뚝 같은 느낌을 줍니다.

봄비를 맞은 제 마음의 얼굴도 조금은 맑아질 테고, 숲속에서 나무를 동시에 보려는 제 학문의 팔뚝에도 아주 조금은 근육이 더 올라오겠지요.

# 발
# 전

2011

세상의 변화를 재고 측정하는 기준은 많습니다. 사람들은 다양한 기준으로 세상의 변화를 측정해 그 의미를 읽고 해석하려 합니다.

발전이라는 단어를 화두로 삼아 사회과학을 공부하는 저 같은 사람은 양量에서 질質로, 다시 격格이라는 잣대를 갖고 세상의 변화를 측정하며 그 의미를 읽어내는 공부 습관이 붙은 지 오래입니다.

저는 이런 틀에 따라 각 나라의 발전 경로를 공부합니다. 물질적 부를 이룬 나라도 시민생활의 질과 나라로서의 대외적 품격을 갖추지 못한다면 그저 이빨 빠진 동그라미에 불과하다고 평가하며, 그 빠진 부분을 채워 넣을 수 있는 방법론을 찾아내는 공부에 분주합니다.

공부가 아직 여물지 못한 탓인지 물질적 부, 시민생활의 질, 나라로서의 격조 높은 행동 등 이 세 가지를 삼위일체로 완벽하게 갖춘 나라를 그리 많이 보진 못했습니다.

대개 하나가 승昇하면 다른 두 개가 처지고, 다른 두 개가 승하면 나머지 하나가 그만큼의 수준으로 올라오지 못하는 것 같습니다. 그래도 북구의 몇몇 나라가 이런 삼위일체에 비교적 근접하고 있는 것으로는 보입니다.

사실은 이 세 가지 중 하나만 제대로 갖추는 것도 그리 쉬운 일은 아닙니다. 그러나 이미 세상은 이 세 가지의 저울로써 한 나라의 발전 정도를 평가합니다.

실제로도 이 세 가지 저울이 균형을 찾아갈 때, 그 나라 시민들의 삶이 평화롭고 내부에서 서로 다투지 않습니다.

발전의 역사를 보면 대개는 부富를 기반으로 하여 그 위에 대내적 질과 대외적 격이 갖춰지는 순으로 국가 발전 단계를 설정합니다. 저도 이에 큰 이의는 없지만, 부는 좀 약하더라도 질과 격의 길을 가다듬는 쪽에서 더 노력할 필요가 있다고 생각합니다.

어차피 부라는 것은, 아무리 높게 쌓여도 그것을 골고루 나누려고 하는 정책의 질이 뒷받침되지 않으면 무소용이기 때문입니다. 그런 나라는 안에서 시끄럽고 밖에서 봐도 격이 떨어진다고 평가됩니다.

빈약한 부라도 그것을 골고루 나누려는 질 높은 자율적 속박 장치가 사회 내부적으로 합의되어 있으면, 그 자율적 속박 아래서 사람들이 골고루 나누며 사는 것이 가능해지고 그래서 그 내부가 평화로워질 수 있습니다. 그것이 밖에서 볼 때도 더 격조 높습니다.

그렇다면 발전은 물질의 영역이 아닌 마음의 영역이라 할 수 있습니다. 소유보다는 존재의 영역이며, 물질의 추구보다는 마음 씀의 영역입니다.

 마음의 부 위에서 소유의 양보다 존재의 질을 높게 할 때, 내부적으로 평화로운 마을이 만들어집니다. 그리고 밖에선 소유는 미미하지만 존재감은 창대한 나라의 사람들로 인정하며 찬사의 박수를 보낼 것입니다.

독
서
II

2013

라디오 PD 정혜윤은 말합니다.

"독서는 실제의 나와 내가 읽은 것 사이의 균형을 맞추기 위한 시소타기다."

참으로 독서의 의미를 정확하게 짚어낸 말입니다.

우리의 일상은 지루하고 진부하기만 합니다. 그러나 어쩌다 읽은 책 한 권이 일상의 진부함을 떨쳐버리게 하고 우리를 새로운 길로 안내해줄 수도 있습니다.

새로운 길에 나를 맞추기 위해 생각의 틀을 바꾸고 삶의 조준점을 점검하다 보면, 조금씩 일상이 바뀌지요.

그러면 새로운 삶을 살아낸 나의 인생시험 점수가 올라갑니다. 그

만족감과 자신감이 더 높은 지식의 세계와 더 다양한 생활세계로 나를 거침없이 이끌어줍니다.

독서는 그런 점에서 나무가 성장해가는 모양새와 같습니다.

일단 한 권의 책이 내 정신의 묘목이 되어 뿌리를 내립니다. 얼마 후 땅에서 나무기둥이 하나 올라오지요. 곧 거기서 작은 나뭇가지가 뻗어 나오고 그곳에 이파리가 매달립니다. 큰 가지에서 작은 가지들이 뻗어 나오고, 그곳에 여린 새잎들이 주렁주렁 매달리기 시작합니다. 어느새 시간이 흘러 묘목은 멋진 수형樹形을 갖춘 어엿한 지식의 나무로 탄생합니다.

독서는 세상과의 접속이기도 합니다. 우리를 새로운 미지의 세계로 자꾸 안내하기 때문이지요.

처음엔 미지의 세계가 두렵지만, 그곳의 옹달샘에서 책이라는 달디단 샘물을 맛봅니다. 그러자 옹달샘 옆의 바위가 보입니다. 바위에 올라가니, 바위 틈새에 풀잎이 자란 것이 보입니다. 풀잎 향기를 맡아 보니, 눈에 나비가 들어옵니다. 나비를 따라가니 꽃이 보이고, 꽃 속을 들여다보니 벌 한 마리가 식사 중이네요. 식사를 마친 벌의 비행궤적을 따라 하늘을 쳐다봅니다. 하늘에 잔뜩 낀 먹구름이 며칠 전 흘린 내 땀방울일 수도 있다는 생각을 해봅니다.

결국 한 권의 독서가 여러 세계 간에 튼실한 다리를 놓아, 나는 어느덧 큰 두려움 없이 미지의 세계로 들어가게 해주는 지식이라는 열쇠 꾸러미를 손에 가득 쥐게 됩니다.

# 철
## 학

**2015**

흔히 철학은 필로스 + 소피아, 즉 '지혜의 사랑'이라고 말합니다. 하지만 무엇을 알고 깨닫기 위해 공부를 늘 가까이해야 하고 배움에 익숙해져야 한다는 이런 당위적인 말은 참 행동으로 옮기기가 쉽지 않지요. 따라서 지혜의 사랑이라는 철학 개념은 추상적이고 공허한 말로만 들려옵니다. 이런 점에서 강단철학의 한계를 지적하는 사람들도 적지 않습니다.

반면 길 위의 철학자인 강신주는 자신의 저서 《강신주의 맨얼굴의 철학 당당한 인문학》에서 철학을 '사랑하기에 더 알려고 하고 사랑하는 대상에게 잘 해주기 위해 그 방법을 고민하는 사유의 과정'으로 봅니다.

대중 철학자답게 그는 철학을 지혜의 사랑이 아니라 그 역방향, 즉 철학을 '사랑하면 알게 된다'라고 해석하는데, 참으로 마땅하다고 생각됩니다.

누군가를 사랑하면 사랑하는 대상에게 더 잘해주려고 우리 마음은 분주해집니다. 그(녀)를 행복하게 해주기 위해 그(녀)가 필요로 하는 것을 알려고 백방으로 노력합니다. 또 그것을 충족시켜주는 방법을 알아내기 위해 또 다른 배움의 과정을 자청하기도 하지요.

누구를 사랑하니까 그가 필요로 하는 것을 알려고 하고 그 존재를 아는 만큼 그것을 지켜주기 위해 자신을 스스로 던지는 것이지요.

이제 '사랑하면 알게 된다'라는 새로운 철학 개념에 의거해 큰 공부를 설계해보려고 합니다(철학은 학문 중의 학문, 즉 기초학이니 모든 학문에 통용되는 공부이지요). 개인의 출세나 성적 향상 등 나만을 위한 작은 공부보다는 사람을 위한 큰 공부 말이지요.

작고하신 신영복 선생에 의하면, '사람 인人 자는 내가 힘들 때 누군가가 내 등받이가 되어주는 그런 관계론'을 상징합니다. 내가 힘들 때 등을 기댈 수 있는 누군가가 내 곁에 있을 때 사람 인이라는 한자가 완성되는 것이지요.

사람을 위한 공부는 결국 나라는 존재만 챙기고 그저 나만 잘되길 바라는 편협한 이기적인 공부가 아니라, 우리가 힘들 때 서로 등받이가 되어주는 방법을 논구하는 공생·협력을 위한 공부이지요.

우리 사회에서 공公이 잘 구현되지 않는 이유는 가장 사私적인 사람들이 돈이나 권력에 힘입어 공의 높은 자리를 부당하게 차지하고 그

자리를 과다 대표하기 때문입니다.

남을 사랑하거나 도와준 경험 하나도 없이 오로지 돈이나 권력에 힘입어 최고의 자리에 올라 남을 괴롭히는 사람들이 공적 자리를 차지하고 그 자리를 대표하니 공의 질서가 성립되기가 참 어렵지요.

그러나 사람들이 서로를 사랑해 사랑하는 대상인 자신의 부모님과 친구, 형제, 친지, 지인 들이 직면한 생활 문제의 원인을 알려고 애쓸 때, 또 그 문제를 해결해 그들을 행복하게 해주려고 실천에 진력할 때, 그렇게 사람들이 같이 서고 더불어 살려는共 마음가짐이 한데 모여 진정한 공공公共성을 만들어낼 수 있습니다. 공共이 공公으로 연결되는 것이지요.

사랑하는 사람을 행복하게 해주기 위해 그 사람의 문제와 아픔을 공감하고 그것을 극복하기 위한 방법을 알아내려고 무진 애를 쓰는 것, 그것은 나만을 위한 작은 공부가 아니라 내가 누군가와 한곳에 같이 서려는 '사람을 위한 큰 공부'입니다. 즉, 지혜의 사랑이라는 난해한 철학 개념이 아니라, 사랑하면 알려고 하고 나아가 사랑하는 사람들의 문제를 치유해주기 위해 그 방법을 궁구하는 진정한 철학 개념에 가까워지는 공부의 길입니다.

힘센 자가 공公을 대표하는 그런 강압적 공, 무소불위의 공이 아니라 우리 모두가 더불어 서고 함께 손잡고 나가는 공共을 통해 진정한 공公에 이르는 길, 즉 공공성이 사익을 앞서는 정의로운 사회로 한 발 더 나아가는 길이기도 합니다.

공공성으로 나아갈 수 있는 길이 우리 앞에 성큼 놓이며 우리 모두

의 지향점이 될 때, 갑과 을의 나라도 없어질 수 있습니다. 즉, 삶에 힘
겨운 사람들이 더 이상 무시당하지 않고 인간적으로 다 존중받을 수
있게 되지요. 또 그렇기 위해 좀 더 여유로운 사람들이 스스로 낮은 데
로 임해 을의 책무를 다하는 노블레스 오블리주의 멋진 사회도 만들
어지겠지요.

# 그
# 림

2015

    강의하거나 많은 사람 앞에 서서 얘기할 때는 전하고자 하는 메시지를 머릿속에 큰 그림으로 그려놓고 얘기를 시작하는 것이 좋습니다.

    머릿속에 큰 그림이 없으면 어떤 때는 강의나 강연의 초반부 얘기와 후반부 내용이 조금 충돌하기도 하고, 강의나 연설 시간 내내 논리의 흐름이 매끄럽지 않게 전개되기도 합니다.

    처음부터 큰 그림을 머릿속에 그려놓고 있다면, 위의 문제들은 사전에 예방되거나 이야기 중의 혼돈을 충분히 상쇄시킬 수 있습니다.

    대학생들 앞에 자주 서야 하는 저의 경우, 강의의 전반적 그림이나 논리 구조의 큰 줄기가 선명히 마련되어 있으면 강의 효과가 훨씬 좋음을 몸소 체험합니다.

학생들이 강의 초반부터 올바른 문제 의식을 갖고 수업에 임하게 되고, 강의 내내 그들 나름대로의 논리 구조를 만들며 그 내용을 체계적으로 습득할 수 있기 때문입니다.

가르치는 저의 입장에서도 큰 그림이 머릿속에 들어 있으면 강의 시작 시 강의 내용에 대해 운을 떼기도 좋고 말미에 강의 내용을 총정리할 때도 크게 도움됩니다.

나중에 강의안을 모아 책을 쓸 때도 유용할 것 같습니다. 한 학기 내내 축적한 큰 그림 구조들을 하나하나 풀어가다 보면 어느새 책의 얼개가 마련되고 책 내용도 술술 풀리며 써질 것 같습니다.

올해엔 말하고자 하는 바를 머릿속에서 큰 그림으로 구상하고 그려내는 습관을 제 것으로 완전히 소화시키는 훈련을 좀 더 해야겠습니다.

# 공
# 부

2013

　요즘 성과연봉제를 둘러싸고 말들이 많습니다. 대학도 예외는 아니어서, 국립대 교수들도 성과연봉제의 적용 대상이 되고 있습니다. 한마디로 말해 논문을 많이 써야만 연봉이 올라가거나(?) 더는 깎이지 않는 보수 책정 구조가 등장했습니다.

　하지만 한 해의 교수 연구 업적을 논문 수를 헤아려 그 결과를 계량화하는 현 시스템은, 또 그것의 전제가 되는 교수 업적 평가용 공부는 결코 사람을 자유롭게 놔두지 않는 것 같습니다.

　현행 성과연봉제는 교수들로 하여금 그저 논문 많이 쓰는 기계가 될 것을 강요할 뿐입니다. 그래서 업적 평가용 논문 쓰기는 참 재미가 없습니다.

동양정치 사상가 배병삼의 말처럼 '~를 위하여의 삶은 도구적인 삶'입니다.

논문 편수가 성과연봉과 연계되는 현 평가제도 아래에서는 자칫 교수들이 교육과 학생 지도와의 균형감을 상실한 채 오로지 연구 업적 양산을 위해 논문 편수 늘리기에만 과다하게 집착하는 논문 공장의 직공이 될 우려가 큽니다.

성과연봉제하의 교수들은 그 도구적 삶을 강요당하며 자칫 자기 삶의 주인 의식을 잃기 쉽습니다.

물론 재미있게 공부하고 공부한 내용을 열과 성을 다해 글로 쓴 것이 좋은 연구 업적으로 평가받고, 그 공부 결과가 큰 사회적 울림을 가져온다면 정말 좋겠지요.

불행히도 저의 경우는 솔직히 말해 그런 역량이 많이 부족합니다. 또 업적 평가 대상이 되는 학술적 글의 소재는, 재미도 있고 사회적 울림도 큰 그런 대중적 글쓰기와는 어째 좀 친화적이지 못하네요.

그렇다면 앞으로의 공부는, 그 공부의 결과는 어떤 그릇에 담아야 할까요? 논문보다는 책, 학술 서적보다는 대중 교양서 쪽으로 가야 하지 않을까 생각합니다.

문제는 책, 특히 교양서는 학문 업적으로 평가받기가 어렵고, 평가 점수도 아주 박한 것이 현실이라는 점입니다.

힘겹지만 이런 딜레마에서 헤어나는 유일한 길은 학문적 글쓰기와 대중적 글쓰기를 병행하는 것입니다. 학문적 소재를 대중적 글쓰기라는 형식으로 담아내도 게재가 되는 그런 학술지를 발견하는 것도 한 방법이 될 수 있겠습니다만, 그런 류의 학술지는 아예 없지요.

그렇다면 두말할 것 없습니다. 용기를 내어 학문적 글쓰기와 대중적 글쓰기를 병행하는 길을 가는 것입니다.

파우스트의 말처럼, '안식을 모르는 영혼이 파멸을 초래할 수도 있지만, 끝내는 구원을 가져오는 법'이겠지요.

숙
제

2014

어쩌다 술 한잔하는 날에는 적절한 취기 속에 평소의 굳은 머리와 갇힌 마음으로는 도저히 꿈도 꿀 수 없었던 아이디어들이 불쑥불쑥 튀어나오기도 합니다.

바로 얼마 전에 있었던 일입니다. 며칠 공부를 파고드니, 논문 주제 한 개를 거머쥘 수 있었습니다.

신이 나서 그날 저녁에 반주飯酒를 조금 했습니다. 그리고 포만감에 부푼 배도 가라앉힐 겸 밤 산책을 나갔습니다.

오래 걸으니 머리와 마음의 근육이 풀리면서 이 생각 저 생각을 자유로이 하게 되었고, 그 결과 잡글이긴 하지만 글감 두세 개도 더 챙길 수 있었습니다.

적당량의 술은 이 세상의 부질없는 삶을 보상해주듯이, 가끔은 막혔던 생각의 물꼬를 터주고 간혹 싱싱한 아이디어들을 선사해줍니다.

그러나 그것만으로는 서운한 듯 새로운 숙젯거리도 넌지시 제시합니다. 술 몇 잔에 떠오른 순간의 아이디어가 이후 한동안은 해치워야 할 숙제로 변신하는 것입니다.

공짜 밥도 없지만 공짜 술도 없는가 봅니다. 새로운 숙제가 머릿속에 찾아왔으니, 그것을 풀기 위해 또 머리를 싸매야겠습니다.

숙제를 온 마음으로 풀다 보면 고마운 술 한 잔이 또 기다리고 있겠지요.

# 당
# 부

2016

한 학기가 또 시작됩니다. 특히 봄 학기의 개강일은 대학문을 막 노크한 새내기 신입생들을 강의실에서 처음 만나는 날입니다. 물론 새로운 학문을 탐구하기 위해 변신을 꿈꾸는 전과생들도 새 강의실 문턱을 넘어 설레는 마음으로 앉아 있겠죠.

개강일은, 교수들이 16주로 편성된 한 학기 강의의 대장정으로 들어가기 전, 한 학기 동안 배우게 될 교과목의 윤곽을 잡아주려고 강의 개요와 텍스트 및 과제물 등을 소개하는 날입니다.

한 학기의 시작을 계기로 삼아 대학생들에게 학교생활에 임하는 자세에 대해 한두 마디 권두언을 잊지 않는 교수님들도 많습니다. 그 당부의 말은 신입생이나 전과생은 물론 새 학년 새 학기를 맞은 재학생들에게도 그 필요성은 마찬가지라고 봅니다. 개강 첫날은 누구에게나 한 학기를 어떻게 보낼지를 설계하는 계획과 다짐의 시간이지요.

개강일에는 저도 학생들에게 세 가지 점을 당부하곤 합니다.

먼저, '뚜벅이 정신'을 가질 것을 당부해봅니다.

대학생활의 목표나 공부의 길이 처음부터 명확할 수는 없지요. 개강 후 어느 정도 시간이 흘러야 그 목표와 가야 할 길이 조금씩 선명해지지요.

비록 안개 속에 갇혀 있더라도 방향이 어렴풋이나마 서게 되면, 멈칫멈칫거리지 말고, 또 어디로 가야 할지 자꾸 재지만 말고, 일단은 일정한 방향을 향해 뚜벅뚜벅 걸어가는 것이 중요하다고 강조합니다.

걷다 보면 안갯속 길이 좀 더 선명해지고 일단은 출발해서 걸어봐야 지금 자신이 가고 있는 길이 맞는지 아닌지도 알 수 있습니다. 자신을 믿고 뚜벅뚜벅 걷다 보면 어떤 유혹이나 후회, 정신적 방황에서도 금방 벗어나 원래 자신이 설정한 본궤도로 쉽게 진입할 수 있습니다.

두 번째, '스펀지 정신'입니다.

어린 학생들은 두려운 마음에서 학교생활에 대한 다각적 접근을 포기하기 쉬운데, 그러지 말고 대학생활의 모든 것을 스펀지처럼 빨아들여 삶을 더욱더 풍성하게 하라는 당부의 말을 전해봅니다.

수업 내용은 물론 학기 내내 학교에서 진행되는 각종 세미나, 학술제, 공연, 체육대회, 축제 등에 참여해 자신의 성장과 진화에 이로운 모든 자양분을 빨아들여 자기 것으로 흡수하라고 권해봅니다.

그러기 위해 학생들이 손에 수첩을 들고 찾아가야 할 곳을 빼곡하게 기록하길 바란다는 말을 전하고 싶습니다. 스펀지 정신이 학생들의 대학생활을 풍요롭게 하고, 가고자 하는 길을 환하게 밝혀주며, 그 길을 단축시키는 등불로 작용할 것입니다.

셋째, '어깨동무 정신'을 당부하고 싶습니다.

'빨리 가려면 혼자 가고 멀리 가려면 함께 가라'라는 아프리카 속담이 상징하는 바는 매우 큽니다.

대학에서 공부해야 할 전공 내용이 양적으로나 질적으로 폭발하고 있습니다. 취업을 위한 준비도 장난이 아닙니다. 더욱이 우리는 인생 100세 시대를 사는 첫 번째 세대 실험을 하고 있습니다. 혼자 힘으로 해결하기 어려운 난제들로 가득한 곳이 우리가 살아야 할 곳입니다.

워낙 돈이 많이 들어 결혼과 출산 등 젊은 날의 모든 것을 포기하고 사는 N포세대 어려운 사회적 상황으로 인해 취업이나 결혼 등 여러 가지를 포기해야 하는 세대가 도래한다는 말도 있지만, 그럴수록 청년들의 삶엔 협력적 공유 사회의 진면목이 더욱 절실히 요구됩니다. 결혼을 안 하더라도 인생의 같은 목표와 같은 생활 수요를 가진 사람들이 어울려 서로에게 생활 도우미, 재능 기부자가 되는 훈련이 필요합니다.

그런 점에서 대학생활에서부터 협력 교육을 통해 공유경제를 맛보는 시간들이 소중합니다. 같이 어깨동무하고 친구들과 함께 호흡하며 난제를 풀어가는 훈련이 대학에서부터 요구됩니다.

위의 이런저런 얘기들을 나누다 보면 비로소 강의 계획을 소개해야 할 시간적 압박감이 느껴집니다. 그래서 개강일은 참 바쁩니다.

그래도 젊은이들에게 인생 선배로서 꼭 해주고 싶은 당부의 얘기가 있어 좋고, 그것을 해줄 수 있는 시간과 장소가 있어 행복한 날이 바로 개강일입니다.

# 접
# 점

2017

　대학 다니던 시절에 저의 전공은 사회과학, 그중에서도 행정학이었습니다. 그러나 대학 초년생 시절 문학 강좌를 들으며 시작법詩作法을 배우는 등 문학 언저리에서 종종 맴돈 것도 사실입니다.

　나이를 먹고 대학에서 여전히 사회과학을 가르치고 있지만, 삶의 뜻을 깊게 배우거나 인생살이의 진미는 여전히 인문학에서 맛봅니다.

　나이를 먹을수록 철학, 문학, 역사 등 인문학이 전해주는 삶의 문법들에 귀를 기울이고 있습니다. 그래서인지 장석주 시인이 쓴《행복은 누추하지만 불행은 찬란하다》의 책 제목에 큰 매력을 느낍니다.

　시인들은 불행을 찬란한 것으로까지 느끼나 봅니다. 행복할 때보다는 불행한 순간들이 인생살이의 본질에 더 가깝고, 진실한 마음으로 자신의 불행을 이겨내려는 치열한 노력에서 사람다운 모습을 엿볼 수 있다고 생각하기 때문이겠지요. 그래서 시인 등 인문주의자들은 삶에 치열하게 애쓰는 그 순간을 인생의 절정기로 보기도 합니다.

반면, 사회과학에서는 사람들이 불행한 상태를 사회가 극복해야 할 가장 큰 문제로 봅니다. 그래서 선거철마다 선량들은 세상을 물질적으로 풍요롭게 해 사람들의 행복권을 보장해주겠다고 저마다 입에 거품을 물고 외쳐대지요. 물론 사람들을 행복하게 해주겠다는 그들의 공약이 현실세계에서 실현되기보다는 구두선에 그치는 경우가 대부분이지요. 사람들은 선거 당일만 나라의 주인으로 대접받으니까요.

아직 이 땅엔 자기가 내뱉은 말에 책임을 다하는 그런 지도자다운 사람은 없었던 것 같습니다. 일시적이나마 사람들의 행복에 관심을 보이는 정치인도 대개는 표를 구하는 데 유리한 단기적 방책을 보편적인 행복 추구의 정책으로 밀어붙이는 무리수를 두는 경우가 많았지요. 그 결과 시간이 지나면 사람들은 물질적으로 더 불행해지고 정신적으로 더 피폐해지지요.

그런 불행의 상태를 시인들은 찬란한 삶의 순간으로 보니 참 아이러니합니다. 사람들이 불행을 이겨내려고 애쓰는 그 진통의 순간을 생의 절정기로 보기까지 하죠.

행복이나 불행을 보는 시각은 이처럼 다양하고, 사람이 추구하는 가치에 따라 제각각으로 받아들여집니다.

그렇기에 모든 사람이 생각하는 행복의 조건과 행복의 상태를 무리하게 일반화하려는 일부 사회과학적 접근보다는, 삶의 가치와 지향점에 대한 사람들의 다양성을 인정하고 '그들의 퍼스펙티비즘'을 수용하는 인문학적 접근이 행복을 논할 때 더 유의미한 것 같습니다

행복에 대한 사회의 보편적 기준을 무리하게 설정해 그것을 단기간에 획일적으로 이루어내려는 수박 겉핥기식의 비현실적 정책을 맹신하다가 공연히 세금만 까먹기보다는, 행복에 대한 사람들의 다양한 관점을 존중해줌으로써 각자가 생각하는 행복의 조건을 스스로 일구어내도록 옆에서 지켜보며 응원해주고 조용히 도와주는 것이 필요합니다.

혹은 물리적으로 자립이 곤란한 분들에겐 맞춤형으로 따뜻한 도움의 손길을 적극 제공해주는 개별 사례적 접근법을 찾아내는 것이 일의 순리이자 더 효과적인 결과를 보장하는 길이 아닐까 생각해봅니다.

물론 많은 사람의 행복에 긴요한 물질적 조건의 최소 공배수는 필히 마련되어야겠지요. 단, 그것을 빙자해 표를 노리고 자행되는 퍼주기식의 획일적 단기정책은 필히 경계해야겠지요.

인문학도 때로는 사회 속의 인간을 보아야 합니다. 즉, 특정한 사회적 맥락 속에 다 같이 처해 있는 사람들을 큰 눈으로 볼 줄 알 때, 그 시공간을 사는 많은 사람이 공동으로 직면한 보편적 사회 현안들에 대한 특유의 문제 의식이 좀 더 선명하게 드러날 것입니다. 그럴 때 인문학과 사회과학의 학문적 경계가 허물어지고 서로의 특장을 받아들이는 학문적 접점의 최전선이 마련되어 두 학문의 공진화가 가능해질 것 같습니다.

여러모로 모자라는 사람이지만, 저도 일주일에 4일은 사회과학도로, 나머지 3일은 인문학도로 살며 그 접점을 찾아보자고 조용히 마음먹습니다.

# 나
# 무
# I

2016

가을 학기를 맞아 '생태주의 행정철학' 과목을 강의하고 있습니다. 그런데 요즘 대학생들은 철학, 자연, 생태와 같은 주제에 아주 큰 흥미를 느끼진 못하나 봅니다. 혹여 관심은 좀 있다 해도 환경 문제를 철학적으로 인식하거나 자신의 삶과 관련지어 그 근본적 해결책을 강구하는 데 큰 비중을 두지는 않는 눈치입니다.

생태주의를 행정학에 연관시켜 살펴보는 이런 과목을 군이 가르치는 이유는 뭘까요? 제 강의를 듣는 학생들이 장차 공무원이 되어 국토 개발, 지역 발전, 환경 보전과 관련된 정책 결정과 정책 집행의 주체가 될 사람들이기 때문입니다. 바로 그런 이유에서 사람들의 삶에서 자연 생태계가 갖는 서식처로서의 중요성과 그 공익적·환경적 가치를 행정학도들에게 인식시키는 것이지요. 나아가 세상 만물은 서로 연결되어 있다는 생태적 전일全—성에 의거한 생태 친화적 정책 역량 학습의 중요성, 생태계 보전윤리의 중요성을 알려줄 필요도 있는 것이지요. 종래 개발연대하에서의 공무원들의 지나친 개발관료 패러다임을 벗어던지고, 자연과 인간의 공존·공진화를 꾀하는 생태관료eco-crat의 육성 차원에서도 이는 매우 중요한 실천적 과제입니다.

학기 초반에 맞닥뜨린 학생들의 싸늘한 반응을 극복하기 위해 고민을 하다가, 그래도 학생들이 생활에서 자주 접하는 나무를 중심으로 자연 생태계의 가치를 알려주고 더 나아가 인간과 자연 간의 거리감을 해소해보면 어떨까 하는 생각에 이르렀습니다.

그래서 나무 목木 변이 들어가는 한자들을 소개하며 나무를 상징으로 하는 자연과 사람의 관계성을 살펴보는 강의 시간을 잠시 갖기로 했습니다.

옥편을 뒤져보니 나무 목 변을 쓰는 한자들이 정말 많았습니다. 그만큼 사람들이 살기 위해 나무를 이용하거나 생활과 연관하여 나무와 관계를 맺는 경우가 많았다는 뜻이겠죠.

무엇보다 재미있는 한자는 쉴 휴休 자입니다. 사람이 휴식하기에 가장 쉬운 방법이자 가장 바람직한 휴식 형태는 아무래도 사람이 넌지시 나무에 등을 기대는 것 아닐까요.

인격을 뜻하는 격格 자도 참 의미심장합니다. 이 한자에는 바로잡을 격, 격식 격, 나뭇가지 격 등의 뜻이 있습니다.

사람을 바로잡을 때도 나무가 그 본보기가 되는 것입니다. 그래서

인지 자신의 노래에 인생철학을 담아 부르는 싱어 송 라이터 박강수는 '나무가 되고 싶다'라는 제목의 노래를 만들었습니다.

근본 본本 자에도 어김없이 나무 목이 들어갑니다. 땅속 깊이 뿌리를 든든히 박고 그것에 힘입어 기둥과 가지를 쭉쭉 뻗어 올려 과실을 맺는 것이 무릇 생生의 순서이니, 당연히 세상의 근본을 다지는 데 나무가 빠져선 안 되겠지요.

나무는 메신저, 즉 연결고리 역할도 합니다. 지팡이 장杖에서 보듯, 사람이 늙어 허리가 불편해도 세상살이를 위해 출타해야 할 때 땅과 나를 연결하는 지팡이용으로 나무가 필요하지요. 다리 교橋·편지 찰札에서 보듯이 강을 건너갈 때도, 누구와 글로써 소통할 때도 나무는 빠짐없이 세상살이의 연결 고리로 등장합니다.

학교 교校·책상 안案·책상 궤机·쪼갤 석析에서 보듯이 나무는 배움의 장소, 배움의 수단으로도 크게 기여합니다.

아 참! 나무는 박朴씨, 이李씨 등 사람의 성姓 씨에도 들어가지요. 나무는 사람들의 태생적 뿌리와 계보를 밝혀주고, 그의 신원을 증명하기도 합니다.

나무는 영어 단어에도 등장합니다. 의사결정수decision tree, 가계도family tree 등 역사적 퇴적물이나 사람들 생각의 꼬리를 무는 사유의 경로로도 나무가 존재하는 것입니다.

나무의 쓰임새가 이처럼 다양하니, 사람들은 나무를 비롯한 자연과 불가분의 관계에 있습니다. 나무는 사람들이 살아가기 위해 기대거나 도움을 받기 위해 손을 뻗어야 할 아주 중요한 대상인 것입니다.

그렇다면 기분이 나쁘다고 화풀이로 나무를 발로 걷어차거나 신발에 묻은 껌을 떼기 위해 나무 기둥에 신발을 문지르는 등 자연을 업신여기고 하찮게 대하는 일은 더 이상 없어야겠지요.

　무미건조한 사회현상을 객관적 시각으로 공부해야 하는 행정학도들, 그것도 자연과 친해본 적이 없고 지진이나 태풍 등 자연현상에 경계심마저 보이는 요즘 젊은 대학생들에게 자연과 공존·공생해야만 사람이 살아가는 터전이 더 잘 지켜진다는 생태주의 공부를 가르치는 길은 참 멀고도 험합니다.

　그래도 나무의 의미가 새롭고 그 쓰임새가 풍성해, 나무 한자를 활용한 강의 내용이 학생들에게 조금은 가까이 다가갈 계기를 마련해줘 참으로 다행이라고 생각합니다.

　나무를 비롯한 자연 생태계를 찾아가는 도정을 조금 더 앞당기고 그 의미를 크게 하기 위해 나무의 이름과 쓰임새를 공부하는 노력을 게을리하지 말아야겠습니다.

사
회

# SOCIETY

# 대
# 조

**2015**

콩쥐 같은 사람이 있는가 하면 팥쥐 같은 사람도 있습니다. 토끼 같이 재능을 과신하며 사는 이가 있는가 하면 거북이 같이 끈기로써 한 세상 살아가는 이도 있습니다. 이처럼 사람들의 성격엔 양면적이고 대조적인 측면이 참 많습니다.

세상만사를 들여다봐도 그런 대조적 양면성은 여실히 드러납니다. 이것 뒤엔 전혀 다른 저것이 있고, 도전엔 항상 응전이 따릅니다. 그래서인지 하나의 이론이나 개념, 특정의 상황에 대해선 그것에 대조되는 이론이나 개념, 또 다른 성격의 상황이 등장하며 극명한 대조를 이루는 경우가 적지 않습니다.

예컨대 공유의 비극이 있는가 하면, 공유의 희극도 가능합니다.

생태학자 개럿 하딘은 지구의 생태용량 한계를 지적하며, 공유의 비극을 초래할 우려가 있는 목초지를 방임하기보다는 사적 울타리를 쳐서 목초지를 보호하는 인클로저 운동 또는 정부에 의한 공유지 사용 규제를 권고합니다.

그러나 노스웨스턴대학교의 법학 교수 캐럴 로즈, 미국의 사회 사상가 제러미 리프킨은 공유의 희극을 주장합니다. 협력적 공유 사회의 장점과 그 가능성을 설파하는 것이지요. 예컨대 우리가 카 쉐어링 회원관리에 요구되는 정밀한 전자정보 시스템만 갖춘다면, 지금 지상에 있는 자동차의 80퍼센트를 없애도 카 쉐어링을 통해 사람들의 이동성에 큰 제약이 발생하지 않는다는 것입니다.

악의 평범성에 대조되는 선의 평범성 논리도 있습니다.

정치철학자 한나 아렌트는 예루살렘에서 이루어진 독일 전범 아돌프 아이히만의 재판 과정에서 지나친 규칙 준수가 낳은 질서 지향적 인간의 영혼 없음을 목도하면서 악의 평범성이라는 개념을 도출합니다.

반면, 프랑수아 로샤는 프랑스 비시 정권하에서 5천 명의 난민들에게 먹을 것과 잘 곳을 아무 조건 없이 제공한 르샹봉쉬르리뇽 마을 주민들의 행동에서 선의 평범성 논리를 찾아냅니다. 도울까 말까 이것저것 따지는 마음보다는 손이 먼저 작용해 남을 기꺼이 돕는 사람들의 마음을 읽어낸 것이죠.

재난 사회학자 레베카 솔닛도 숱한 재난 현장에서 활짝 꽃핀 사람들의 자율적 연대와 상부상조가 실제로 재난 극복에 큰 힘으로 작용

함을 발견합니다.

빈곤의 악순환과 대조되는 취업의 선순환 구조도 있습니다.

앞 세대에서 시작된 고용 단절 혹은 불완전 취업이 뒤 세대의 취학이나 영양 상태에 부정적 영향을 끼쳐 빈곤의 악순환이나 빈곤의 세대화가 촉진됩니다. 그러나 예전의 작은 취업 경험이 우연치 않게 이후의 취업 기회에서 유리한 고지를 만들어줄 수도 있습니다. 일전의 취업 경험이 또 다른 취업 기회로 선순환하는 것이죠.

따라서 정부의 부단한 고용 기회 창출 노력과 청년 모두가 고용 기회를 공정하게 맛보게 하는 사회 시스템 마련은 기본권 차원에서 접근해야 할 문제라고 생각됩니다.

그간엔 우리가 세상살이의 대조적 양면성에서 좀 더 부정적이고 어두운 측면에 주로 짓눌려왔다면, 이제부턴 긍정적이고 밝은 측면에서 희망의 메시지를 찾아내고 그것을 자꾸 실행해가는 쪽으로 움직여야겠습니다.

우리가 조금씩만 자기 욕심을 내려놓으면, 공유의 비극을 경계하며 사회 안에 공유의 희극 상황을 더 많이 제도화해낼 수 있습니다. 악의 평범성에서 자기 행동의 비굴한 합리화 논리를 강변하기보다는 마음보다 손이 먼저 움직여 남을 돕는 선의 평범성을 체화해낼 수 있습니다.

빈곤의 악순환 고리가 되는 기회의 불공정 구조를 사회적 합의를 통해 치유해냄으로써, 어제의 작은 취업 경험들이 오늘의 또 다른 취업 기회로 승화되는 촘촘한 고용 안전망도 갖출 수 있습니다. 그래서 취업의 선순환이라는 멋진 사회적 선물을 이 땅의 고달픈 청년들에게 듬뿍 제공해줄 수 있습니다.

우리는 이처럼 세상살이의 대조적 양면성에서 절망보다는 희망의 더 큰 빛줄기를 발견할 수 있습니다. 이제는 그 희망의 빛줄기를 따라 우리 모두가 서로 어깨동무를 하고 그저 뚜벅뚜벅 앞으로 나아가기만 하면 됩니다.

그러면 우리 모두 협력적 공유 사회, 신체화된 인지를 통한 자발적 선행, 취업의 선순환 구조의 진정한 주인공이 더 빨리 될 수 있겠죠.

# 주인

2015

우리가 나라의 주인이긴 하지만 생업에 쫓겨 국정을 직접 챙길 수 없기에 정치인이나 공무원을 국정國政 대행자로 두긴 합니다.

그러나 정치행정의 대리인들이 나를 위해 최선을 다할 것이라는 무리한 가설 아래, 모든 것을 그들에게 위임하고 그들이 짜준 정책 답안을 그대로 받아들이기만 한다면 그 결과는 나의 타자화일 뿐입니다.

우리 한 사람 한 사람이 대의제가 야기한 이 거대한 부조리의 벽을 허물기란 쉽지 않습니다. 그러나 지레 겁먹고 문제 제기를 포기할 때 대의제에 의한 타율적 삶의 폐해는 끝을 모르고 확산됩니다.

대리인에 의해 타자화·대상화된 나는 그들에 의해 업신여겨지고, 궁극적으로는 주인 의식의 부재 속에 내가 나에게서마저 소외당합니다.

힘들더라도 사안에 따라 우리 일을 스스로 결정하고 자율관리하며 그 결과에 대해 자율적으로 책임져야 합니다. 그러한 자기 주체적 삶이 나의 타자화와 대상화를 막는 최후의 방패입니다.

그럴 때 우리는 타자화의 함정에서 멀리 떨어져 서 있는 진정한 자유인이 됩니다. 그럴 때 비로소 대리인들도 강해진 주인의 목소리에 귀 기울이기 시작합니다.

자기 삶의 주인이 되기 위해선, 우선 지금까지의 무의식적 사고 패턴과 밖에서부터 주어진 가치 기준들에 대한 의문 부호 던지기, 즉 판단 중지가 필요합니다. 우리는 이를 위해 '철학하는 데모스(고병권)'가 되어야겠지요

그다음, 자신을 점검하고 자기를 바로 세우는 치열한 수기修己의 시간이 필요합니다. 여기서는 공자의 말씀을 향해 가는 두 개의 열쇠 말, '자기 바로 세우기忠'와 '남의 일을 자기 일처럼 여기기恕'의 의미를 잘 음미해야겠지요.

나아가 자신이 지향하는 새로운 가치기준과 세상의 새로운 질서 체계를 직접 설계해내는 '가치의 입법자(니체)' 되기 훈련을 해야 하지요.

그럴 때 우리 모두가 자신의 삶을 자율적으로 통어하고 스스로 책임질 수 있는 '다중多衆의 군주 되기(네그리)'가 조금씩 가능해집니다.

비로소 국가의 부당한 강권强權에서 벗어나 사회가 자주적으로 관리되는 기틀도 마련될 수 있습니다.

그러면 '민주주의는 아나키즘이다(강신주)'라는 말도 현실성을 듬뿍 얻겠지요. 각자가 자기 삶의 진정한 주인공이 될 테니까요.

# 도
# 시

2014

한 달에 한두 번 있는 친구들과의 모임 때 말고도, 혼자 바람을 쐬기 위해 종종 시내에 나갑니다. 혹은 회의나 평가 등 공적인 일로 집을 나섰다가 일을 다 마친 후 일부러 시내로 발걸음을 향하기도 합니다. 주로 광화문이나 종로 쪽이 저의 주된 행선지이지요.

그곳엔 신간 서적을 통해 최근의 출판 동향과 세상의 다양한 관심사를 파악할 수 있게 해주는 서점들은 물론, 그림이나 조각을 실컷 구경할 수 있는 화랑들이 즐비합니다. 멋진 시립도서관도 있습니다.

이곳저곳의 활기찬 대로는 물론, 아무 데나 불쑥 찾아들어가도 우리를 반갑게 맞아주는 작은 골목들도 다 저마다의 특색을 자랑합니다. 최근엔 '사람들이 가볼 만한 서울 골목길 30선'이라는 소책자를 참고하며, 골목길 여행에도 재미를 붙였습니다.

길을 다니는 사람들의 얼굴 표정에 힘이 넘치고 옷차림도 멋지고 각양각색인지라, 도심 걷기는 어지러운 머리를 식히고 책 보느라 빠질 듯 아팠던 눈을 쉬기에도 안성맞춤입니다.

방향을 바꿔 북촌이나 서촌 쪽으로 가면 아기자기한 가게와 고풍스런 동네 속 정취가 물씬 풍깁니다. 통인시장 안에서 사먹는 음식과 떡 맛도 참 좋습니다.

종로 쪽이나 청계천변의 시장에 가면 자유분방한 사람들이 만들어 낸 동선動線의 부딪힘이 주는 역동성과 삶의 활기가 신선하게 다가옵니다. 이것저것 진귀한 물건들을 실컷 눈요기할 수도 있습니다. 가끔 빈대떡에 막걸리 한잔의 풍요로움도 언제나 보장됩니다.

그곳에서 저는 그간의 무거웠던 마음을 내려놓고 오랜만의 자유로움과 여유를 맛봅니다. 가끔은 꽁꽁 닫혔던 머릿속에서 기발한 생각이 떠오르기도 합니다.

그러면서 이 모든 것들이 주는 여유로움과 평온함에 고마워하고, 한동안 그것들이 제 몸과 마음속에서 쉽게 빠져나가지 못하도록 스스로에게 주술을 겁니다.

"이곳의 모든 풍광과 공기가 어리석음에 지친 저를 쉬게 하시고, 못난 저의 마음에 한줄기 빛이 되게 하소서."

도시는 다양한 얼굴을 가집니다. 누군가에겐 먹고사는 문제를 해결해주는 일터가 있는 곳, 누군가에겐 생활에 필요한 각종 정보와 지식을 얻는 학교 같은 곳, 또 누군가에겐 일상에서 벗어나 휴식과 재충전을 도와주는 문화가 있는 곳!

도시가 갖는 위의 모든 가치가 다 소중합니다. 우리는 이곳에서 일자리를 얻고 많은 것을 배우고 지친 일상의 휴식처도 마련할 수 있습니다.

한 가지 아쉬운 점은 요즘 일터로서의 도시 기능이 급속도로 약해지거나 아니면 특정 계층에게만 그 의미가 한정되는 점이지요.

도시 안에 다양한 일터가 더 많이 생겨서 더 많은 사람에게 제공되었으면 좋겠습니다. 창조경제든 뭐든 사람들의 역동성과 지혜가 모이고 쌓여, 그것이 창업 아이템으로 구체화되고 무수한 일거리로 환생해 소중한 일터들을 계속 만들어내는 모티브가 되었으면 합니다.

그래서 많은 젊은이가 아침부터 활기차게 하루하루를 열심히 살아내고, 저녁이 되면 시내 곳곳에서 몸과 마음을 쉬며 내일을 기약할 수 있으면 좋겠습니다.

더 나아가 도시가 크고 딱딱한 건물과 자동차 우선의 큰 길로만 상징되는 물리적 공간이 아니라, 우리에게 개인적인 멋진 추억이 듬뿍 서린 마음의 장소가 되었으면 합니다.

공간space이 뭔가로 채워지길 기다리는 빈 곳이나 물리적 이득을 위해 경제적으로 활용되는 땅을 의미한다면, 장소place는 그곳과 인연을 맺은 사람에게 특유의 기억이나 추억 같은 것으로 마음속에 오래 저장되는 곳입니다. 즉, 고유의 기억과 추억이 듬뿍 서려 있는 곳이지요.

우리가 사는 이 도시가 물리적 가치로만 평가받는 외형적 공간보다는, 아이들이 마음껏 뛰어놀고 어른들도 삶의 터전을 가꾸기 위해 마음과 정성으로 다가가고 싶은 그런 생동감 넘치고 추억이 많이 서려 있는 장소이면 좋겠습니다.

우리 삶의 어느 순간에 누군가와 소중한 생각과 약속을 나누었던 곳, 지친 마음에 큰 용기를 얻게 해준 그런 개인적 사연이 담긴 곳, 그래서 가끔은 잊어버렸던 자기 존재를 다시 확인하기 위해 꼭 찾아가고 싶은 그런 추억과 인연이 있는 장소들로 가득했으면 좋겠습니다.

우리의 생이 돈이나 권력, 직함 등 외양적 잣대로만 평가되고 재단된다면 얼마나 삭막하고 재미없겠습니까? 또 얼마나 억울하겠습니까?

그런 것 하나 없더라도 남들과 뜻을 같이했던 소중한 기억이나 사람들의 마음에서 우러나오는 장소애愛 혹은 특정 장소와의 따뜻한 인연들이 내 삶을 여유롭게 하고 내 마음을 풍요롭게 해준다면, 우리는 얼마든지 이 풍진 세상을 힘차게 살아낼 수 있을 것입니다.

이미 우리가 살고 있는 도시의 이곳저곳은 그런 장소로서의 매력과 잠재력을 갖고 있는 듯합니다. 그 잠재적 힘을 현실로 변환시킬 수 있는 우리의 새로운 마음가짐이 오늘 아침 신선한 숙제로 다가옵니다.

# 대
# 만

2016

겨울방학을 이용해 가족 동반 대만 여행을 다녀왔습니다. 22년 전에 대만을 처음 방문했을 때는 사람들 옷이 너무나 수수하고, 다습한 기후 탓인지 건물도 너무 우중충하고 오래되어 보였지요. 그래서 대만 사람들이 참 돈 쓸 줄 모르는 자린고비같이 느껴졌습니다.

그런데 이제는 그런 항산恒産 위에서 항심恒心이 생겼는지, 22년 만에 다시 찾은 대만의 곳곳에서 문화나 삶의 여유에 대한 항심의 흔적이 눈에 많이 띄었습니다.

항산의 기반이 약하면서도 소비에 대한 과욕이나 사치를 부려 자신을 인정받으려는 과소비적 인정투쟁에 사로잡힌 우리 사회의 잘못된 자화상을 대만이라는 거울에 비추어보며 잠시 반성해보았습니다.

타이베이 시내를 돌아다니며 구경하고 지하철도 탔습니다. 그러면서 발견한 대만식 한자 표기가 특히 재미있고 적지 않게 교훈도 주는 듯하여 개인적 느낌을 잠시 피력해볼까 합니다.

먼저 지하철이나 건물 안에서 쉽게 발견되는 소심小心이라는 단어입니다.

'소심월태간극小心月台間隙.'

대만인들은 소심이라는 말을 '~를 주의하세요, 조심하세요'의 의미로 사용하더군요.

우리는 매사에 대범하지 못하고 속 좁은 사람을 소심한 사람으로 폄하하며 좀 부정적으로 평가해왔지요. 통 크고 활달한 사람들을 더 선호하면서 말이지요.

물론 통 크고 대범한 사람도 좋지요. 하지만 경솔한 행동으로 인해 자기 몸을 다치지 않도록 스스로 잘 챙기고, 일에 큰 무리수가 따르지 않도록 매사를 꼼꼼하게 살피고, 자기 갈 길 스스로 잘 다지는 그런 세심함도 필요하지요.

소심이라는 말은 그런 점에서 높은 곳만 지향하지 말고 자기 발끝도 내려다볼 줄 아는 겸양의 자세를 키우라는 의미 같네요. 자신을 과대평가하지 말고, 자기 앞길을 장밋빛 청사진으로만 보지 말고, 눈앞의 상황을 잘 제어하며 겸양의 마음으로 매사에 임할 필요성을 당부하는 말이지요.

노심초사勞心焦思라는 말도 괜히 불안해 안절부절못하는 속 좁은 사람을 가리키는 부정적 의미보다는 어떤 일이 잘되도록 온 마음을 다해 노력하는 진정성으로 이해해야 하듯, 소심이라는 말도 겸양의 말로 재평가해야 한다는 생각이 들었습니다.

대만 상가 건물에서 발견한 '노력사勞力士'라는 말도 참 새롭습니다.

로렉스 시계를 표현한 한자음인데요. 노력을 많이 해야만 이 비싼 시계를 차지할 수 있다는 의미일까요? 원어 발음과 비슷하게 가져가되, 그것에 교훈적 의미를 담는 대만 사람들의 표현력이 참 흥미롭습니다.

변호사, 의사 등 이른바 '사' 자로 끝나는 화려한 직업 말고도 어떤 직종에서나 자기의 참된 노력으로 그 직업세계에서 일가를 이룬 모든 이에게 노력사라는 존경의 호칭을 붙여주고 싶다는 뜻으로 해석해보았습니다.

대만의 모든 차도 위의 정지선 앞에서 자주 발견되는, 서행하라는 의미의 '만慢' 자도 의미심장한 글자입니다.

굼뜸, 느려 터짐 등 '만만디'라는 비난보다는 글자 속의 마음 심心처럼 서둘러 저질러진 나의 행동이 남의 갈 길을 방해하는 몹쓸 짓이 되지 않도록 차를 정지선에 천천히 다가가 세우라는, 그런 조심과 배려의 의미로 만慢을 다시 읽어봅니다.

타이베이 지하철 안에서 발견한 '박애석博愛席'의 의미도 남다르게 다가옵니다.

프랑스혁명의 3대 정신인 자유, 평등, 박애! 자유나 평등이라는 개념의 실체 잡기도 알 듯 모를 듯 참 난코스이지만 박애가 무엇을 말하는지, 어떻게 살아야 조금이라도 박애의 정신을 몸으로 옮길 수 있는지는 더욱 지난한 숙제이지요. 그런데 대만 지하철 내 박애석에서 그 말의 참뜻을 조금은 알 수 있었습니다.

경로석, 노약자 보호석, 임신부 배려석을 다 합쳐서 호칭하는 말이었지요. 즉, 이 세상에 나보다 힘겨운 모든 존재에게 먼저 마음의 손길을 내밀라는, 단 하나의 통일된 의미로 박애의 뜻을 깔끔하게 정리하고 있네요.

박애석의 자리를 기꺼이 남겨둔 그들의 모습에서 그 어려운 박애가 이렇게 손쉽게 실천될 수 있구나, 하는 조용한 깨달음을 얻어봅니다.

혁명가이자 대만의 국부인 쑨원 선생의 삼민주의(민족, 민권, 민생) 사상이 뿌리 깊게 박힌 대만의 성숙한 사회질서를 보면서 급차선 바꾸기나 나들목에 다 와서 끼어들기 운전을 하는 것을 전혀 부끄러워하지 않는 우리 사회의 슬픈 자화상을 떠올려본 하루였습니다.

# 안
# 행

2016

청년들이 삶의 돌파구를 쉽게 찾지 못하는 답답한 나날이 지속되고 있습니다. '헬조선', '지옥불반도', '흑수저' 등 출구가 안 보이는 깜깜한 터널 안에 청년들이 갇혀 있습니다.

그럴지라도 청년들이 도약의 마음을 잊지 않기를 간절히 바라는 마음입니다. 비상의 날갯짓 연습도 게을리해선 안 되겠습니다.

언젠가 먹구름이 걷히기 시작하면 힘차게 날아올라야 하니까요. 때로는 높게 쳐진 진입 장벽을 친구들과 함께 넘기 위한 안행雁行 연습도 필요합니다. 낙오하지 않도록 서로 응원하며 힘을 모을 때 먹구름도 빨리 걷히겠지요.

김애란의 단편소설 〈서른〉에 '노량도'라는 말이 나옵니다. 공직시험에 합격하기 전엔 결코 떠날 수 없는 공시족들의 생활 근거지 노량진 고시학원을 섬에 빗대어 한 말이죠.

고용 불안 시대에 우리가 취할 수밖에 없는 각자도생의 길인 점에서, 노량도라는 비유는 십분 공감되는 말이긴 합니다. 그러나 무한 경쟁을 전제한 각자도생의 전략에서 최후 승리자가 되는 청년들 수, 즉 공직시험이나 입사시험에 최종 합격한 젊은이는 현실적으로 그리 많지 않습니다.

도종환 시인의 '담쟁이'의 시 구절처럼, 힘겹지만 '여럿이 함께 손잡고' 서로 끌어주고 밀어주며 다함께 장벽을 넘는 담쟁이전략이 정말 필요할 것 같습니다. 기성세대가 강요하는 각자도생보다는 청년들 서로 간의 자발적 연대를 통한 안행의 길 모색이 절실하기 때문입니다. 예컨대 2006년 프랑스 고교생들의 최초고용계약법 반대 시위나 2010년 프랑스 고교생과 대학생의 연금개혁법 시위처럼 말이죠. 청년들이 서로 연대해 자신의 문제를 공론화하고 협력을 통해 문제 해법을 공유하려는 마음가짐이 중요합니다.

청년 문제의 자주적 해결 차원에서 청년들의 정치 참여도 중요합니다. 유럽에서는 고교생, 알바생 등 청소년기부터 정당 활동을 활발히 합니다. 자신의 문제를 해결하는 데에서 자기 식의 정치적 목소리를 내는 전통이 있습니다.

우리 사회의 청년들도 청년 고용 촉진 등 청년입법을 주도하고 살기 좋은 지역 만들기의 일꾼이 되는 길을 통해, 지역정치에 적극 진출할 필요가 있습니다.

사회적 경제 영역은 청년들의 안행을 위한 경제적 돌파구로 활용 가능합니다. 예컨대 문화예술 관련 워커즈 컬렉티브, 출판 및 싱크탱크형 지식협동조합, 공동육아협동조합 등등 다양한 형태의 협동조합을 신설해보는 겁니다. 그러면 지역 내 생활 자원을 적극 도출할 수 있고 그 과정에서 의미 있는 일자리를 스스로 창출해낼 수 있으니, 사회적 경제 영역은 청년들의 안행을 위해 전략적으로 응용해볼 가치가 큽니다.

협력적 공유 사회도 청년들의 눈높이에 맞는 새로운 생활양식이라는 점에서 모색해볼 가치가 있지요. 생필품인 집, 차, 의류, 에너지의 공유를 통한 연대 및 협력의 길을 찾아낼 수 있고, 지식과 정보 공유를 통한 일자리 생성과 생활지혜의 나눔도 가능합니다.

'아불류 시불류我不流 時不流!'

내가 힘차게, 곧게 흐르지 않으면 시간도 내가 원하는 방향으로 빨리 변하지 않습니다. 청년들이 안행하며 서로 힘을 모아 한 방향으로 나아가야겠습니다.

뒤늦게나마 청년들의 안행을 지지하고 물심양면으로 뒷받침해주는 기성세대의 응원과 실질적 도움이 긴요함은 두말할 필요가 없겠습니다.

청년들은 결국 우리 모두의 자식이니까요. 그런 점에서 청년들의 안행길에 부모 세대가 기꺼이 함께 나서는, 부모와 자식 간의 세대적 연대 필요성이 절실히 다가옵니다.

# 독
# 점

2016

지방에 갔다가 밤늦게 귀가한 어느 날, 이미 시계는 밤 11시 너머를 가리키고 있었지만 집 앞 공원으로 밤 산책을 나갔습니다. 하루 종일 일을 보고 운전해서인지 몸은 무겁고 마음도 어지러워, 지친 몸을 끌고 무작정 나갔지요.

늦은 시간이라 공원에는 인기척이 없었습니다. 평소에는 밤 10시까지도 사람과 개로 북적이던 곳인데 시간이 조금 더 늦어지니 다들 집으로 들어갔나 봅니다.

덕분에 그 넓은 공원을 저 혼자 독점했습니다. 공원의 멋진 나무들과 단정한 산책로가 다 제 차지이고, 드넓은 공원을 가득 메운 신선한 공기도 다 제 것이었습니다.

넓은 공원을 독점하며 그곳이 주는 모든 생활 가치와 정신 가치를 독차지하다 보니, 이 세상에 내로라하는 어떤 부자도 어떤 권력자도 부럽지 않았습니다.

산책 나온 시간이 많이 늦었지만 집에 들어가고 싶지 않았습니다.

'이 모든 것이 다 내 것인데, 이 모든 것을 누릴 사람이 지금 나밖에 없는데, 내가 왜 이것을 버리고 집에 들어가야 하지?'

이런 속셈으로 12시 넘어서까지 공원 산책로를 돌고 또 돌았습니다.

그러나 시간이 흐를수록 공원을 독차지하고 있는 저 자신에 대해 다른 생각이 들기 시작했습니다.

'물론 제 발로 나와 공원을 독차지하는 자유를 향유하고 있긴 하지. 하지만 그냥 빈 공원에 어쩌다 우연히 혼자가 된 김에 그 공원의 가치를 조용히 누리면 되지, 온 세상이 다 제 것인 양 호들갑 떨며 요란하게 누릴 필요는 없잖아.'

그러고 보니 시장의 독점, 권력의 독점, 지식의 독점에도 우리는 다 그런 마음의 착각을 하고 있는 것은 아닌지 조용히 자문해보게 됩니다.

'이 세상 모든 탐나는 것은 다 내 것이 되어야 한다.'

'그것들이 조금이라도 남의 손에 들어가면 안 된다.'

그러기 위해 '그것들이 남의 손에 조금이라도 들어가지 않도록 있는 힘을 다해 수단 방법을 가리지 말고 내 것으로 사수해야 한다'라는 비정상적인 고집, 이기적인 욕심, 과도한 탐욕 같은 것이 커지면서 점차 돌이킬 수 없는 큰 폐해를 낳는 것은 아닌지 생각하게 됩니다.

이 세상의 어떤 것이 비록 지금 내 손안에 있다 하더라도 나 혼자만의 힘으로 그것이 내 것이 된 것은 아닙니다. 누군가가 혹은 이 세상과 자연에 속해 있는 뭔가가 직간접적으로 작용해 내가 그것을 얻는 데 도움을 주었기에, 그것이 비로소 내 것이 된 것으로 보는 것이 정답입니다.

그런 점에서 이 세상 가치의 '나 홀로 독점'은 있을 수 없습니다. 엄밀히 따져보면 이 세상의 값어치 나가는 것들의 주인이 누구 혼자일 수는 없다는 것입니다. 법적으로는 내 것이더라도 그것이 온전한 내 것이 될 때까지 음으로 양으로 도움을 준 많은 이의 마음과 자연의 도움을 잊어선 안 됩니다.

그럼에도 우리는 이 세상 가치를 나 홀로 독점하고 말겠다는 독점욕에서 자유롭지 못합니다. 우연치 않게 밤늦은 시각에 공원 안에 혼자 있으면서 제 마음속에 무서운 속도로 파고들었던 공원 독점욕을 떠올려보니 섬뜩하기조차 했습니다.

물론 그 순간의 공원 독차지가 누구에게 해가 되거나 직접적으로 폐를 끼친 것은 아니었지요. 하지만 부지불식간에 그런 독점욕이 제 마음에도 생겼다는 점이 정말 두려웠습니다.

우연한 시각에 혼자만의 독점적 공원 향유가 그럴진대, 만약 돈과 권력과 직함 등 세상을 살아가는 우리 모두가 탐내는 희소가치를 놓고 저마다의 독점욕이 무한대로 작용한다면 정말 가공할 만한 결과가 나타날 것입니다.

세속의 가치를 남보다 더 자기 것으로 하고자 모두가 혈안이 될 때, 그 독점욕이 무한 경쟁을 가져오고, 그 결과는 승자독식 사회와 양극화 사회, 격차 사회로 나타날 것입니다.

밤늦은 시각에 공원에서 가졌던 저의 공원 독점욕을 반성해봅니다. 비록 어떤 것이 지금 내 소유라 해도 그것이 내 손안에 들어오기까진 음으로 양으로 많은 분과 자연의 도움이 전제되었음을 다시 한 번 상기해봅니다.

그런 점에서 이 세상에 '나 홀로 독점'이라는 결과는 쉽게 있을 수 없음을 깨달았습니다. 또한 그런 잘못된 생각이 사람들의 무한한 독점욕에서 독버섯처럼 기인함을 다 같이 성찰해야 할 필요성을 느끼며 집으로 돌아왔습니다.

# 적
# 응

**2015**

이 세상엔 적응을 잘하는 사람들이 있습니다. 직장생활, 사회생활을 남보다 잘하는 사람들을 보면 일면 부럽기도 합니다.

그러나 직장과 같은 큰 대상이나 이른바 대세라는 거대한 흐름에 무조건 적응만 하는 것이 능사는 아니지요.

적응 만능주의가 지배적이 되면 적응을 잘하는 성격을 가진 사람들만 웃을 테니까요. 대개는 외향적 성격의 사람들이 인간관계에 탁월한 능력을 보이지요. 그러다 보니 남들과 어울려야 할 단체생활에서 승자가 되고 빨리 출세하기도 합니다.

그러나 적응해야 할 대상인 사람이나 조직이 도덕적으로 문제가 있거나 인격적으로 충분히 존중받지 못할 상황이라면 적응만이 정답은 아닙니다. 이런 경우 그 대상에 적응을 잘한다는 것은, 적응해야 할 대상에 대한 가치판단을 등한시한 채 매사에 맞춤형으로만 접근하여 대상과 자신을 하나로 만드는 데 급급한 일개 처세술에 불과할 수도 있으니까요.

흔히 대세라는 것도 우리가 그것의 옳고 그름을 충분히 따지지 않고 그저 '친구 따라 강남 가듯이' 무작정 시류를 따라가기에 급급한 것이라면 큰 문제가 아닐 수 없습니다.

적응보다는 오히려 대응이 필요할 수도 있습니다. 얼굴을 정색하고 눈에 쌍심지를 켜고 서로가 힘을 모아 그 대상의 부당함에 당당히 맞서 세상을 바꿔 나아가려는 강한 대응책이 필요합니다.

그런 점에서 사회생활이나 직장생활에서의 적응이 행위자 단독의 개인 차원에서 빚어지는 맞춤형 처세로 변질될 수 있는 것이라면, 대응은 다수의 힘을 응집해야 하는 집합 가치적 · 체제 비판적 성격이 더 강한 것 같습니다.

역사적 진보는 바로 당대의 모순에 처해진 사람들이 공동으로 그 모순에 대응한 결과입니다. 진보냐 퇴보냐의 역사적 분기점에서 사람들이 자기만 살아남거나 부귀영화를 맛보기 위해 구세력의 품 안으로 기어들며 적응에 급급하는 것은 퇴보입니다. 낡은 가치와 부당한 구체제를 무너뜨리기 위해 공동 대응한 결과가 역사의 진보입니다.

그렇다면 적응이라는 개념은 부정적 의미만 담고 있는 것일까요? 우리가 시각을 넓혀서 다른 문제들을 다른 시각으로 들여다보면, 적응이 반드시 개인 차원의 부정적 개념만도 아님을 알 수 있습니다.

일례로 사람들이 살아남기 위해선 주변의 자연 환경이나 기후변화에 잘 적응할 필요도 있습니다. 누구 한 사람이 노력한다고 해서 자연 서식지의 조건이나 기후 환경에 획기적인 변화를 유도할 수는 없습니다. 사람들 모두가 자연 앞에서 겸허한 마음으로 생태주의 가치를 존중하고, 모두가 지켜야 할 공동 규칙에 집합적으로 적응해야 합니다.

적응과 대응은 그런 점에서 상황 적응적 개념입니다. 어떤 순간에는 적응의 마인드가 필요하고 또 다른 순간에는 대응의 지혜가 요구됩니다.

단, 그것이 역사 발전이나 환경 보전 등 거시적 가치에 대한 것인지, 아니면 자신만 살아남고 부귀영화를 독차지하기 위한 단기적인 개인 시각에 급급한 것인지의 구별은 꼭 필요합니다.

적응과 대응은 그런 점에서 윤리적 개념이기도 합니다. 적응과 대응 모두가 '사람으로서의 마땅한 도리'에 해당하는 윤리적 행동의 결과라면, 두 개념에 대해 굳이 왈가왈부할 필요는 없습니다.

그것이 상황에 맞게 세상과 자연에 대한 '사람다운 행동'일 때, 적응과 대응의 긍정적 가치는 지속 가능한 개념으로 자리 잡으며 역사의 진화 도정에 밑거름으로 작용할 것입니다.

# 자
# 율

2015

우리나라는 출산율이 아주 낮은 대표적인 저출산 국가입니다. 그러니 자연히 집에서 자녀가 더욱더 귀해집니다. 인구가 너무 많아 '1가구 1자녀' 정책을 강제로 집행해야 했던 중국에서 과보호로 자란 외동아이의 문제점을 소황제 신드롬에 빗대어 크게 보도한 적이 있었지요. 그런데 저출산의 고민이 큰 우리 사회도 이런 현상에서 점점 자유롭지 못하는 현실입니다.

귀한 자식들은 부모님 덕분에 크게 부족한 것 없이 무럭무럭 커갑니다. 공부만 열심히 하면 부모님이 일상의 불편함을 다 덜어주지요. 그러다 보니 자녀들이 어려서부터 성년이 될 때까지 부모님이 설계하고 이끌어주는 방향대로 그냥 따라가기 쉽습니다.

못난 입시제도 때문에 어쩔 수 없이 학교에 다닐 땐 선생님이, 방과 후엔 학원 선생님이 주입시켜주는 공부를 받아먹기도 바쁩니다.

그랬던 그가 어렵게 직장을 구해 사회생활을 시작해서는, 직장 또는 직장 상사가 시키는 대로 해야만 월급이 나오고 승진도 되지요.

직장을 벗어나면 한 표를 가진 유권자로서 투표나 하고 세금만 착실히 내면 개인적으로 스스로 나서서 굳이 뭘 도모할 필요도 없습니다. 나라가 다 알아서 해줄 것으로 편하게 마음을 먹으면 그만입니다.

삶의 주체는 자신이어야 하지만, 우리는 부모님과 직장 상사가 시키는 대로, 또 국가가 만든 형식적 민주주의의 제도적 매뉴얼에 따라 행동하는 데 금방 익숙해집니다.

그렇게 하면 뭔가 어려운 결정을 내리기 위해 밤새 머리를 싸매고 고민할 이유도 없고, 결정에 따른 개인적 책임에서도 일단은 자유롭습니다.

문제는 남이 써준 답안대로 사는 삶이, 남이 이끄는 방향대로 따라가는 그런 삶이 단기적으로는 내 인생을 편하게 해주지만, 자율적 책임이 부재한 삶은 궁극적으로 내가 타자화되는 문제점을 낳는다는 사실입니다.

내가 나의 주인이 아니라 누가 시키는 대로, 누가 만들어낸 표준화된 매뉴얼대로 그냥 살아감으로써, 나는 진정 내가 아니라 누군가의 혹은 나를 지배하는 조직의 부품으로서 대상화·표준화될 수 있습니다.

아직 미성년일 때는 부모님의 손길과 조언이 어느 정도 필요합니다. 직장에서도 탁월한 역량의 상사가 조직이 나아가야 할 방향을 정확히 제시해주면 그의 경륜에서 우러나온 판단력을 신뢰하며 어느 정도 그를 따라가는 것도 무방합니다.

하지만 그것이 너무 당연시되고 일상화되다 보면 자율적 판단 능력이나 자기관리의 마음가짐이 무뎌지고, 그만큼 자기 평가와 자기 책임에도 인색해집니다.

그중에서도 대의제 정치 시스템이 제일 무섭습니다. 관피아의 적폐에서 보듯, 우리의 정치행정 대리인들은 정보의 불균형 속에서 자기 이익을 위해 시민인 나의 손해를 방치할지도 모릅니다. 그렇기에 그들이 짜준 정책 대안에만 100퍼센트 의존해선 안 됩니다. 예산 탓, 자원 탓을 하며 정부가 방치하는 사회 문제에 시민들 스스로의 해법을 조금씩 강구해 나아가야 합니다.

나 혼자 이 거대한 부조리의 벽에 돌을 던져 그 벽을 허물기란 쉽지 않습니다. 그러다 보면 현실을 모르는 참 무모한 놈이라고 손가락질당하거나, 까다롭게 산다고 왕따를 당할 수도 있습니다. 그러나 지레 겁먹고 나마저 문제 제기를 포기할 때 대의제에 의한 타율적 삶의 폐해는 끝없이 확산됩니다.

힘들더라도 삶의 주인이 되기 위한 큰 각성이 필요합니다. 내 일은 내가 스스로 결정하고 내 책임하에 자율관리하며 그 결과에 책임지는 주체적 삶을 살아야 합니다.

타인과의 연대·협력을 위해 나의 자율성과 주체성을 나 스스로 제어해야 할 때도 물론 있습니다. 내 자유와 권리를 지키기 위해 남의 자유와 권리도 존중하고 지켜주는 이른바 '자유의 사회성' 확보 차원에서, 내 의사와 타인의 의사의 균형점을 찾는 것이 긴요할 때도 많겠지요.

문제는 이런 대승적 차원보다는 일시적 편리를 위해 소극적 자세를 쉽게 취하는 세태입니다. 혹은 나 혼자 저항해도 세상은 코털 하나 바뀌지 않을 것이라는 패배주의에 빠지는 것입니다.

패배주의에 빠져 누가 시키는 대로 그저 따라 할 뿐, 나 스스로 사유하고 계획하고 책임지고 행동해야 할 당위성을 상실한다면 또 그런 노력을 늘 회피한다면 어떻게 될까요? 그것은 자유로부터의 도피이며 내 스스로가 타자화의 함정으로 뛰어드는 셈이지요.

최선을 다해 결정하고 그것의 실현에 '올인'한 뒤 결과를 겸허히 수용하는 자율적 삶이 주체적 삶이요, 자유로운 삶입니다. 그럴 때 나는 타자화의 함정에서 멀리 떨어져 서 있는 진정한 자유인, 내 삶의 주인이 될 수 있습니다.

# 인
# 정

2016

 

사람에게 '인정認定감'은 매우 중요합니다. 내가 열심히 노력해 어떤 소기의 목적을 이뤄냈을 때, 그 결과와 과정에 대해 사람들이 알아주고 박수를 처주면 참 신이 납니다.

청찬의 말과 박수 소리에 저절로 자부심이 생기고 자존감도 하늘을 찌를 것만 같지요.

내가 열심히 한 결과에 대해 사람들이 자연스럽게 청찬이나 긍정적 반응을 보여주면 좋은데, 다른 사람들의 인정을 얻으려는 내 마음이 성급하게 앞설 때도 있습니다.

'내가 죽어라 노력해 멋진 결과를 냈는데도 왜 남들은 안 알아줄까?', '내가 돈 들여 장만한 이 멋진 옷을 사람들은 왜 안 봐줄까?' 하는 지나치게 급한 마음을 미리 갖는 것이죠.

그렇게 나에 대한 남의 인정감을 따지듯이 얻어내려는 마음을 '인정투쟁'이라고 부를 수 있습니다. 남의 인정감을 얻어내기 위해 떼라도 쓰는 듯한 불편한 기세를 일컫는 말이지요.

남의 눈에 확 띄는 고가의 옷이나 귀금속으로 몸을 치장하거나 비싼 돈을 들여 성형수술을 받는다든지, 혹은 큰 집이나 외제차로써 길거리에서 자신의 존재감을 드러내고 남의 이목을 끌려는 소비방식도 광의의 인정투쟁입니다. 우리는 이를 '소비적 인정투쟁'이라고 부를 수 있습니다.

인간의 마음 한구석에 단단히 자리 잡은 인정받으려는 욕구를 일방적으로 매도할 수는 없습니다. 지나친 소비성은 경계하되, 인정받으려는 욕구가 시대적 수요가 있는 어떤 목표를 향해 벌어지는 사람들 간의 선의의 경쟁 측면을 보여준다면, 그것이 사회적 활력의 모티브로 작용하거나 자기 정체성을 서로 다지는 좋은 계기가 되는 등 긍정적인 측면도 분명 있으니까요.

단, 개인적인 과도한 욕심이 사회의 통상적 관심과 공정한 평가 기준을 압도하는 불편한 인정투쟁 행위는 남에게 폐가 되고 사회적으로도 짐이 될 우려가 큽니다.

남이 알아주기를 떼쓰듯 바라는 성급한 욕심 이전에, 내가 기획했던 것이 나의 진정한 노력에 힘입어 자연스레 내 것으로 무르익어감을 나스스로 인정할 수 있도록 기다림과 인내의 시간을 이겨내야 합니다.

그럴 때 비로소 남들도 나의 애씀을 긍정적으로 바라보며 박수로 인정해줍니다. 반면, 나를 드러내기 위해 남의 눈살을 찌푸리게 만드는 짓은 또 하나의 자기부정입니다.

아트 마크먼의 말처럼 '내가 우리에게 방해가 되지 않도록' 스스로를 단속할 줄 아는 것은, 우리 모두가 같이 가야 할 동행의 길에서 함께 공유해야 할 공존의 질서이자 공생의 규율입니다.

물론 내가 열심히 한 결과물에 대해 남들이 자연스럽게 칭찬하거나 긍정적으로 반응해주는 그런 칭찬 문화도 정말 필요합니다. 사치재나 지위재로 애써 자신을 드러내지 않더라도, 열심히 자기 길을 개척하고 자신을 잘 다스린 사람들을 명예로운 사람으로 인정해주는 그런 인정 문화도 확산되어야겠습니다.

그러려면 사람들 사이에 인정人情이 흘러야겠지요. 사람들 간에 따듯한 정이 느껴지고 늘 흘러야 이웃의 노력과 성공에 쉽게 칭찬의 말과 인정의 박수가 터져 나올 수 있지요.

'악플'이 인터넷을 지배하는 이 시대에서는 참 어려운 일이지만, 사람답기 위해 열심히 노력해온 이들을 또 사람답게 칭찬으로 인정해주면서 서로의 명예를 지켜주는 성숙한 내면과 따뜻한 인정 문화가 요구되는 오늘입니다.

# 오
# 베

**2017**

'오베'라는 이름을 가진 이 사람은 지난겨울 우연히 TV 영화 채널에서 먼저 만났습니다.

무심코 채널을 돌리던 중 스웨덴 영화 특유의 드라이한 장면에 시선이 확 꽂혔습니다.

이미 영화는 반 정도 흘러간 것 같았지만 그 스토리가 금방 파악되었습니다. 영화 속엔 참 고지식하고 까칠한 한 노인네의 삶이 그려지고 있었습니다.

그런 까칠한 노인네를 감싸주고 애써 찾아주는 이웃들의 모습도 등장합니다. 그리고 어느 나라에서나 문제투성이로 지적되는 정부 관료제도 빠지지 않고 영화의 한 소재로 다루어지고 있었습니다.

TV 화면 속 오베라는 남자가 지닌 성격상의 명과 암이 참 특이하다는 느낌을 받으며 영화 보기를 끝냈지요.

몇 주 후, 도서관에서 동명의 소설책《오베라는 남자》를 빌려서 읽기 시작했습니다.

소설책으로 자세히 읽으니 영화에서보다 더 주인공 노인네의 까칠하지만 원칙주의 성격과 드라이한 삶, 그러나 먼저 세상을 떠난 아내에 대한 그의 지극한 사랑이 잘 드러납니다. 또 이웃들의 오베에 대한 관심과 돌봄, 고령화 사회의 노인복지 문제, 스웨덴 정부 관료제의 관료주의 병폐도 더 생생하게 묘사되고 있습니다.

소설 후반부터는 오베의 밖으로 드러난 거친 성격 이면에 감추어진, 이웃에 대한 진솔한 사랑도 점점 더 깊게 느껴집니다.

세련되진 못하지만 이웃에 대한 속 깊은 정을 간직하고 있는 주인공이 거기에 있었습니다. 그래서 그의 내면에 더욱 묘한 매력을 느끼게 됩니다.

홀로 사는 까칠한 노인네에게 인간적으로 접근해 함께 시간을 보내려 하고 진심으로 보살펴주는 이웃들의 따뜻한 사랑은, 익명성의 무책임함과 이기적 개인주의에 날로 길들여지는 우리네 삶의 무정(無情)함을 다시금 돌아보고 반성하게 합니다.

규칙과 법규로만 움직이며 휴먼 스케일을 상실한 스웨덴 관료제의 경직된 정책집행 시스템에선 동서고금을 막론한 관료제적 행정의 보편적 한계도 지적하지 않을 수 없습니다.

무엇보다 주인공의 우직하지만 진실된, 즉 세련되지는 못하지만 정직하고 한결같은 원칙주의 성격이 매력적으로 다가옵니다.

그런 점에서 오베의 원칙주의 성격과 이웃에 대한 속 깊은 마음은, 갱년기인지 마음 정리가 잘 안 되어 종종 불편한 말투를 내뱉는 저의 마음 상태를 어떻게 다스려야 할지 넌지시 짚어주는 정면교사로 다가옵니다.

# 복
# 종

**2017**

얼마 전 국정 농단 현상을 지켜보면서 드는 의문점 중 하나는, 권력자가 시켜서 할 수 없이 반反사회적 행동을 할 수밖에 없었다고 궁색한 변명을 늘어놓는 부역자들의 천편일률적인 말버릇과 영혼 없는 행태입니다.

제 생각엔 지위 권력에 따른 강제성 때문에 어쩔 수 없이 그들이 높은 사람의 명령을 따를 수밖에 없었던 것은 아닌 듯합니다.

권력에 복종하는 데 따른 비용편익 분석의 결과, 복종하는 것이 엄청나게 이문이 남는 장사임을 확인한 뒤, 스스로 복종의 길을 택한 것으로 보면 됩니다. 복종으로 인한 심리적 괴로움과 복종에 따른 형벌의 고통도 잠시 있겠지만, 그 대신 복종과 순응이 주는 실질적 편익은 몇십 배, 몇백 배에 이를 것으로 본 것입니다.

권력자에 빌붙어서 권력 한 자락, 돈 한 푼 더 얻어보겠다는 그들의 사욕이 세속적 사회의 무서운 권력 감정으로 변질되었습니다. 그로 말미암아 우리 사회를 공공질서가 붕괴된 초라한 나라, 사회정의를 한 줌의 흙조차 안 되는 하찮은 것으로 업신여기는 그런 특혜와 비리의 지옥으로 만들었습니다.

그러나 권불오년權不五年, 화무십일홍花無十日紅입니다.

《그리스인 조르바》를 쓴 니코스 카잔차키스의 묘비명은 '나는 아무것도 바라지 않는다. 나는 아무것도 두렵지 않다. 그러므로 나는 자유이다'입니다.

복종에 따른 비용편익 분석의 결과, 복종이 주는 막대한 편익에 눈이 멀어, 강자의 부당한 명령에 스스로 굴종하기보다는, 나의 진정한 자유를 위해 내 내면의 목소리에 귀 기울이고 사회적 양심의 부름에 기꺼이 따라야 합니다.

내 것을 더 얻기 위해 사회질서를 깨고 남을 함부로 대해 사람들의 손가락질을 받을 이유가 무엇입니까? 내가 노력한 만큼만 진정한 내 것으로 여기겠다는 자신과의 약속과 양심이라는 자율적 속박 장치가 우리 모두에게 다시 요구되는 지금입니다.

바람이 부는 대로 물길이 흐르는 대로 그런 평상심으로 살며, 자기 내면의 목소리와 세상사의 올바른 질서에 복종하는 것이 진정한 자유입니다.

# 조
## 율

**2017**

비정상적 인맥과 돈과 권력의 인연으로 얽히고설킨 권력 주변의 비리와 국정 농단을 지켜보면서 한국 사회에 전염병처럼 만연해 있는 부패의 프랙탈 구조를 보게 됩니다.

'부분을 보면 전체를 알 수 있다'라는 말이 있지요. 즉, 전체를 구성하는 모든 부분은 전체를 닮아 있다는 프랙탈 구조를 일컫는 말인데요. 같은 패턴으로 반복되며 부분이 같은 모양새의 더 작은 부분을 점차적으로 낳는 복제 구조가 바로 그것입니다. 그래서 각 부분의 부분을 확대해서 보면 전체의 모양과 근본적으로 닮아 있게 됩니다.

나뭇잎의 잎맥 구조나 하늘에서 내리는 눈의 결정체가 바로 프랙탈 구조이지요. 자연에서 쉽게 볼 수 있는 프랙탈 구조를 우리 사회에 대입해보면, 전체를 구성하는 부분과 또 그것의 부분들이 전체를 모방하며 닮아가 '결국 전체와 각 부분 모두가 공멸의 길로 똑같이 접어들고 있지는 않나?' 하는 우려의 심정을 지울 수 없습니다.

한국 사회의 선도적 위치에 있는 중앙 및 상부 혹은 재벌 대기업에서 자행되는 밀실 위주의 왜곡된 의사결정 구조와 인맥으로 얽히고설킨 잘못된 사회자원 배분 논리 등이 지방 및 아래, 혹은 작은 조직들 곳곳으로까지 전염되고 있지 않나 하는 불편한 징후가 적잖이 나타나고 있기 때문입니다.

시대에 뒤처진 권력 논리나 부당한 이권 나눔의 기제가 위에서 아래로 내려가며 혹은 중앙에서 지방으로 퍼져가며 계속 반복, 복제되는 현상을 완전히 부정하기란 쉽지 않습니다.

중앙이나 위 또는 큰 조직에서 자행되는 못된 짓거리들을 지방 혹은 아래, 작은 조직들의 수장首長 및 책임 있는 위치의 사람들이 아전인수 격으로 학습해, 이를 돈과 권력과 사회적 지위를 얻어내는 가장 빠른 길로 응용합니다. 그렇게 함으로써 왜곡된 지배전략과 그로 인한 잘못된 문제 처리방식들이 위에서 아래로 단계를 거치며 무한 반복됩니다. 그러니 우리 사회 전체가 비리, 특혜, 부정으로 얼룩져 있는 것은 아닌지 적잖이 걱정될 수밖에요!

문제는 이 땅의 1퍼센트에 해당하는 상위 귀족 사회로의 진입 경쟁에 혈안이 된 사람들, 즉 이 땅의 크고 작은 많은 조직의 높은 자리를 차지하고 있는 사람들의 눈먼 타성입니다. 그들은 수단과 방법을 가리지 않고 이 땅의 1퍼센트에 속하는 것이 큰 노력을 들이지 않고도 이 세상의 온갖 특혜를 독점할 수 있는 지름길임을 너무도 잘 알고 있습니다. 그러니 오늘도 내일도 이권 나눠 먹기용 인맥 만들기에, 권력의 끝줄 잡기에 혈안이 되어 있는 것입니다.

한마디로 상탁하부정上濁下不淨이지요. 윗물이 맑지 않으면 아랫물이 맑을 수 없지요.

그리하여 문제가 곪아터져 드디어 환부가 훤히 드러난 중앙 권력이나 재벌에만 초점을 맞추고 해결의 칼날을 일회적으로 겨눈다고 해서 작금의 국정 농단 사태가 쉽게 해결될 문제는 아닌 것 같습니다. 그것은 빙산의 일각에 불과하니까요.

사회 전체적으로 반복 복제되며 전방위적으로 오염된 밀실 위주의 의사결정 구조, 이권 나눠 먹기식의 자원 배분방식, 또 단지 친하고 조종 가능하다고 해서 검증되지 않은 인맥을 주요 자리에 앉히는 오류투성이의 인사 관행이 곳곳에서 반복되는 한 문제 해결은 그리 쉽지 않습니다.

그렇기에 우리 사회에 만연된 연줄 위주의 기회사슬 구조의 경락經絡을 단계적으로 끊어내고 발본색원하는 전체론적 문제 접근과 장기적 시간틀이 필요합니다. 그래야 수면 아래에 가려져 있던 빙산의 전체 구조와 크기를 비로소 알 수 있습니다.

한 가지 희망적인 것은 중앙과 위의 힘센 사람들이 검찰 수사나 특검, 탄핵 심판을 통해 엄중한 심판을 받고 있다는 점입니다. 더불어 지방이나 아래의 작은 조직에 속한 사람들이 이것을 보고 자성할 기회가 주어지고 있는 점입니다.

밀실에서의 결정과 국민 혈세를 눈먼 돈인 양 나눠먹는 데 혈안이 된 이권 챙기기, 오류투성이의 인사 채용방식을 치유할 기회는 아직 남아 있습니다.

그런 점에서 99퍼센트 풀뿌리들의 옹골찬 결의와 공동전선의 구축이 필요합니다. 물리적 힘은 가장 약하지만 사람의 도리를 다하며 정직하게 사는 것에 존재 이유를 두는 풀뿌리 시민들의, 결합과 연대에 의한 세상살이의 조율調律이 긴요한 시점입니다.

광장에서 한바탕 씻김굿을 통해 그간의 비정상적인 사회 오류를 다 씻어낸 뒤 집단지성을 통해 모두에게 공평한 질서를 만들어내고, 그 질서하에서 다 같이 노력해 이루어낸 사회의 몫을 정당하게 나누는 시스템을 한껏 빚어내야겠습니다.

사람으로서의 도리를 다하는 것을 최선의 선발 기준으로 삼아 사회 일꾼들을 정당하게 뽑아내는 인사제도의 재정비도 필요하겠습니다.

정
책

POLICY

# 초
# 기

2016

위험 신호 단계를 보여주는 하인리히 법칙에 의하면, 대형 사고를 유발하는 위험 요소는 초기에 여러 번 미세한 신호를 보낸다고 합니다. 300번의 경미한 위험 신호에 우리가 신속하게 반응을 보이지 않으면, 29번의 가시적 위험 징후가 목격되기 시작합니다.

우리가 그것조차 제대로 인지하지 못하거나 내일의 일로 자꾸 미루다 보면, 이윽고 결코 만회할 수 없는 대형 사고가 터져 단 한 번의 사고로도 돌이킬 수 없는 지경에 이르게 됩니다.

깨진 유리창 이론도 똑같은 교훈을 우리에게 줍니다. 새 건물의 깨진 유리창 한 장을 갈아 끼우는 것을 차일피일 미룰 때, 아무리 멋진 새 건물이라 할지라도 삽시간에 슬럼화된다는 것이 교훈의 요지이지요.

하인리히 법칙의 교훈을 사람 몸을 치유하는 의술에 비유해 생각해볼 수 있겠습니다. 고미숙의 책《동의보감, 몸과 우주 그리고 삶의 비전을 찾아서》에 의하면, 화타와 더불어 중국 고대의 전설적 명의로 불리는 편작에겐 두 명의 의사 형님이 있었다고 합니다.

재미있는 점은 세상엔 큰 병을 잘 고치는 막내 편작이 최고의 명의로 알려져 있지만, 정작 이 집안에선 막내 편작이 밖에는 잘 알려져 있지 않은 두 형님에 비해 한참 하수下手로 여겨졌다는 점입니다.

참 아이러니한데요, 그 집안에선 한창 진행된 병의 환부를 도려내는 편작의 의술보다는 첫째 형님처럼 미병未病 단계에서의 예방 진료를 더 높은 의술로 평가했나 봅니다. 또 큰 병이 되기 전의 미병微病 단계에서 병의 원인을 발본색원한 둘째 형님을 더 높게 평가한 것 같고요.

편작도 돈과 명예를 바라지 않고 뛰어난 의술로 치료에 몰두한 명의이긴 하지만, 정작 그 집안에선 병의 예방이나 초기 단계에서의 발본색원을 지향한 의사 형님들에 비해 제대로 평가를 못 받았던 것 같습니다.

하인리히 법칙 중 초기인 300번의 미세한 신호 단계에서의 문제 해결이 첫째 형님의 예방 진료에 가까운 것이라면, 29번에 걸친 가시적 징후 단계에서의 문제 해결은 둘째 형님의 미병 단계에서의 처방에 해당되는 것 같습니다. 반면, 편작의 대수술은 큰 병이 발견된 다음에야 비로소 상처를 도려내는 사후의 대응 치료에 견주어볼 수 있겠습니다.

우리의 삶에는 하인리히 법칙의 경고 메시지나 편작 삼형제의 의술이 전해주는 교훈에 비유되는 세상살이의 진실이 참 많습니다.

치료를 차일피일 미루다가 큰 병으로 키우는 경우가 적지 않습니다. 오늘 할 일을 자꾸 내일로 미루다 호미로 막을 것을 가래로도 못 막는 경우가 부지기수입니다.

자식을 키울 때도 놈들의 작은 일탈을 방치하거나 귀찮다고 그냥 눈감아버리다 보면, 결국 자식들이 사람이 응당 가야 할 길에서 크게 벗어나 있음을 뒤늦게 알고 땅을 치며 통곡하기도 합니다.

불씨도 초동 진압해야 우리의 소중한 생명과 재산을 순식간에 앗아가는 큰불로 번지는 것을 막을 수 있습니다.

하루가 멀고 매일매일 터져 나오는 숱한 사회 문제들도 마찬가지입니다. 매사를 뒤로 미루기보다는 초기 단계부터 문제에 대응해 나아가는 것이 좋습니다. 그렇게 하기 위해서는 문제의 씨앗을 잘 알아야 합니다. 문제의 대상에 미리 가까이 다가가 있어야 합니다.

사회 문제들의 씨앗을 세밀히 발견해내거나 문제의 대상 집단에 가까이 다가가 역지사지易地思之할 수 있는 공감의 위치에 서 있어야 합니다. 그래야 초기 단계에서 문제의 원인을 찾아내고 해법을 발 빠르게 찾아내 대응할 수 있습니다.

소 잃고 외양간 고치기보다는 초기 단계부터 적극 관여해 사회 문제들의 씨앗을 처음부터 도려내야 합니다. 그렇게 우리 모두 나와 내 주변의 동선動線을 바른 좌표 쪽으로 정확히 인도해내는 그런 인간 등대들이 되어야겠습니다.

# 합
## 의

2015

　지금 이 순간 우리가 내리는 결정 방향과 그 실천 의지의 강도에 따라 향후 우리 사회가 사회적 연대와 협력의 틀을 제도화한 유럽형 사회로 갈지, 살인적 물가와 철학 없는 민영화로 인해 사회 전체가 동력을 상실해가는 중남미형 경제로 퇴보할지가 판가름 납니다. 사회가 나아가야 할 공동체적 방향을 정하지 못한 채 계속 허둥대면, 최악의 경우 영화 〈남쪽으로 튀어〉의 주인공처럼 시민들이 정부 불신 속에서 아나키스트가 될까 봐 걱정됩니다.

　최근 복지 증세, 연금 개혁, 생태 사회로의 전환 비용을 놓고 생각의 괴리를 좁히고 마음을 한군데로 모으기 위한 사회적 합의 틀의 필요성이 커지는 것은 이런 연유에서입니다. '바쁠수록 돌아가라'는 말이 있듯, 우리 모두 근본으로 돌아가 사회적 합의 정신에 의거해 협력과 연대의 틀을 제도화하는 쪽으로 방향을 굳건히 잡아 나아가야겠습니다.

토마스 람게는 《행복한 기부》에서 '1+1=3, 2-1=3'이라는 역설적 수식을 통해 우리가 공생·협력의 틀을 만들어야 할 당위성을 말합니다. 현실에서 우리 범인凡人은 혼자 힘으론 1의 능력밖에 발휘하지 못합니다. 하지만 남과 소통하며 협력하면 시너지 효과가 발생하여 남과 나 모두 1.5씩의 괴력이 생겨납니다. 그래서 힘을 합치면 3을 이뤄낼 수 있지요.

내게 뭔가가 넉넉하게 2개 있을 때도 있지요. 그럴 땐 1개를 뚝 떼어 남에게 줘도 무방합니다. 그런데 남을 도왔다는 나의 정신적 희열감이 그 빈자리를 고스란히 메우고, 그것을 받은 타인이 자활의 길을 가게 되어 결과는 3이 되는 것을 실감하는 경우도 적지 않습니다.

이제부터 우리는 인간 자본의 시너지 효과를 위해 '1+1=3'의 공생, 협력의 장을 많이 만들어내야 합니다. '2-1=3'을 위해선 노브레스 오블리주를 유도해내는 기부 문화 확산이 필요하고, 평인들도 자신의 시간과 돈을 쪼개어 남을 돕는 자발적 봉사망 구축에 노력해야겠지요.

덴마크는 이런 점에서 정면교사正面敎師로서의 사례적 가치를 보여주는 나라입니다. 오연호가 쓴 《우리도 행복할 수 있을까》를 보면, 덴마크는 '시민이 애써 함께 만든 행복한 사회가 다시 시민을 행복한 개인으로 만드는' 아주 멋진 '선순환의 나라'입니다.

약 560만 명의 인구를 가진 덴마크는 한반도의 1/5 크기에 불과한 작은 나라입니다. 날씨도 나빠 수도 코펜하겐에 해 뜨는 날이 1년 중 50일에 불과하고, 1864년에는 독일과의 전쟁으로 국토의 2/5를 잃기도 했습니다. 그런데도 이 나라는 국가별 행복지수에서 1등을 했습니다.

열악한 환경에도 불구하고 이 나라가 행복지수에서 1등이 된 데는 사람들이 지도자 니콜라이 그룬트비의 시민교육운동과 협동조합운동에 적극 참여한 덕분입니다. 그렇게 시민의 힘으로 행복 사회를 만들고 그 행복 사회가 다시 행복한 개인을 만들어내는 선순환 구조가 있었기 때문입니다.

'시민이 행복 사회를 만들면, 다시 행복 사회가 행복한 시민을 만든다.'

이 말은 무슨 뜻일까요? 미국의 저널리스트 토머스 프리드먼은《렉서스와 올리브나무》에서 근로자나 실업자를 위해 정부가 해야 할 일로서 'trapeze', 'safety net', 'trampoline' 등 세 가지를 강조했는데, 여기서는 우리의 사회를 서커스 곡예장에 비유하여 이 말의 참뜻을 헤아려볼까 합니다.

서커스 곡예의 백미는 공중 곡예입니다. 하지만 공중 곡예는 목숨을 건 위험한 움직임입니다. 그렇기에 치밀한 시간 계산과 안전 장치가 전제되어야 합니다. 즉, 반대쪽에서 타이밍에 맞게 그넷줄을 던져줘야만 곡예사의 멋진 공중 곡예가 시작될 수 있습니다. 그 그넷줄이 바로 'trapeze'인데 그야말로 생명줄이지요. 원숭이도 나무에서 떨어질 수 있는 법! 그래서 그넷줄을 놓칠 경우를 대비해 서커스 곡예장 바닥에는 '안전망safety net'이 쫙 깔려 있어야 합니다. 곡예사가 간혹 그넷줄을 놓칠 경우, 그물망으로 떨어진 그가 다시 그넷줄을 잡을 수 있도록 뛰어오르는 데 도움을 주는 도약대도 필요합니다. 그것이 바로 'trampoline'입니다.

흥미롭게도 오연호의 책에 의하면, 곡예장의 필수 장비인 이 세 가지 장치가 덴마크 복지제도에 고스란히 구축되어 있습니다. 사회가 시민을 제도적으로 보호해준다는 안정감은 촘촘한 사회안전망 설계에서 비롯됩니다. 덴마크인들에게는 출생 시부터 개인 주치의가 배정되고, 평생 보건의료비와 대학까지의 교육비가 무료입니다. 이는 서커스 곡예장의 그넷줄인 'trapeze'에 해당합니다. 교육과 보건의료라는 그넷줄이 생애 주기상 적시에 나타나 튼실하게 유지되면, 사람들은 본인의 노력 여하에 따라 아주 풍성하고 행복한 삶을 설계할 수 있지요.

실직자에겐 2년간 월급의 90퍼센트에 해당되는 실업자 보조금을 주는데, 이는 실직이라는 삶의 나락에 떨어져도 다시 몸을 추스를 수 있는 '안전망' 같은 것이지요. 실직 후 2개월 뒤부터는 직업 재훈련을 체계적으로 받는 등 유연 안정성 모델에 의거한 일자리 알선제도의 도움을 받습니다. 이는 삶에 재도전하는 데 하나의 도약대 같은 역할을 하는 'trampoline'입니다.

기초보장제도와 복지안전망을 촘촘히 갖추려면 많은 돈이 들기에 그것을 염출해내기 위한 사회적 합의가 긴요합니다. 덴마크에서는 기초보장제도와 사회안전망을 사람들이 피부로 느낄 수 있어, 부자도 소득의 반을 세금으로 내도 크게 저항이 없다고 합니다. 자기나 자손에게 혹시 불행이 닥쳐도 재도전할 수 있는 복지망 안에 모두가 들어가 있기 때문입니다.

여기서 '2-1=3'이라는 역설적 수식이 자연스럽게 현실이 됩니다. 제도적 신뢰가 세대별 형평성을 보장해주니 직업에 귀천이 없고, 직업적 자존감을 가진 직원들이 즐겁게 일하다 보니까 레고LEGO 등 세계 제일의 상품을 만들어냅니다. 바로 '1+1=3'이 완성되는 순간이지요.

공생·협력의 사회적 합의 틀을 만들어내면, 그것에 대한 사람들의 제도적 신뢰가 쌓여 이웃 간의 유대도 형성됩니다. 실제로 덴마크 시민의 35퍼센트가 협동조합에 참여합니다. 그렇게 정부나 시장에서 충분히 공급해주지 않는 사회 서비스를 시민이 함께 공급하기도 하고 일자리를 스스로 창출하기도 합니다. 이 역시 '1+1=3'의 선순환 구조를 확장하는 결과를 가져오지요.

여기서 신자유주의가 대세라 하며 그저 사람들을 무한 경쟁 속 각자도생의 길로 내모는 우리 사회의 못난 현실을 직시하게 됩니다. 이제는 우리 모두가 공생·협력으로 가는 사회적 합의 틀을 함께 만들고 그것에 제도적 신뢰를 보내야 합니다.

그렇게 할 때, '철학 없는 민영화'와 살인적 물가로 인해 "먹을 것을 달라"며 길거리에서 외치는 피케테로Piquetero, 피켓을 들고 있는 사람들이 판치는 중남미형 시장경제로의 퇴보를 막을 수 있습니다. 영화 〈남쪽으로 튀어〉의 주인공처럼 자생적 아나키스트의 힘겨운 역정도 피할 수 있습니다. 나아가 사람들이 애써 함께 만들어낸 행복 사회가 이젠 행복한 개인들을 영원히 지켜주는 선순환 구조를 만드는 쪽으로 한 걸음 더 다가설 수 있겠습니다.

# 광
# 장

**2015**

밀실은 어둡습니다. 하지만 밀실에 자주 들어가본 사람들에게는 그곳의 어둠이 큰 장애가 되지 않지요. 때로는 그 어두움이 어둠에 익숙한 자들에겐 유무형의 유익한 점으로 작용합니다. 어두움은 개인적 무능함과 부정부패 등 보이고 싶지 않은 것을 가려주는 최고의 장치니까요.

반면, 밀실을 접해본 경험이 없는 이들은 밀실의 구조를 알 턱이 없고, 그러다 보니 그 안의 어둡고 탁한 분위기가 너무 낯설어서 밀실에 대한 두려움마저 크게 느낍니다.

문제는 밀실 밖 사람들에게 지대한 영향을 미칠 수 있는 중요한 결정이 밀실 안의 극소수에 의해 이루어진다는 점입니다. 밀실의 분위기와 구조에 익숙한 몇몇이 자기들 생각이 절대 옳다는 판단 아래 사회적으로 검증되지 않은 자기들 생각을 어떤 의사결정 상황에 전적으로 반영해버리면 그것이 가져올 사회적 파장은 자못 크지요.

현 대의제 시스템이 바로 그런 밀실 구조에 가까워 걱정입니다. 대의제는 사람들 모두가 의사결정 과정에 참여하기 어렵다는 전제하에 소수의 정치·행정 엘리트에게 나라의 의사결정을 대행하게 하는 시스템입니다. 그래서 대의제적 의사결정 구조는 소수에 의해 다수가 나아가야 할 방향이 일방적으로 정해지는 밀실 구조와 연관성이 아주 높습니다.

반세기 전, 최인훈의 소설 《광장》에서 주인공 이명준은 '밀실만 있고 광장이 없는 현실'을 비판했지요. 그렇습니다. 타인과 사회에 미치는 영향력이 큰 결정일수록 밀실에서 벗어나 여러 사람이 지켜보고 각자 의견을 제시할 수 있는 광장에서 결정이 이루어져야 합니다(물론 그 소설에선 광장만 있고 밀실이 없는 체제도 동시에 비판받지만, 여기선 밀실의 지대한 폐해를 강조하는 쪽에서 광장의 장점을 살펴봅니다).

광장은 밀실만큼 사안에 집중할 수 있는 공간 여건은 못 되지만, 다수의 사람들 눈이 매섭게 지켜보고 있어 소수의 잘못된 의사결정 방향을 견제할 수 있습니다.

광장은 여러 사람의 중지를 모아 소수의 계획 오류를 시정할 수 있고, 집단지성을 통해 공익 지향적 의사결정이 지속될 수 있는 장소입니다.

광장엔 부패의 균을 소독할 수 있는 강한 햇빛도 넓게 내려쬐고, 사람들의 진정성 어린 발언을 뭇사람 귀에 단번에 전해주는 시원한 바람도 곧잘 부는 곳입니다.

사람들은 투명한 햇살 아래에서 서로의 얼굴을 쳐다보며 상호 신뢰를 다짐하고, 또 신뢰받는 사람이 되기 위해 자기 옷매무새를 가다듬습니다.

이제 사회의 중대한 의사결정이 밀실이 아닌, 광장에서 논의되고 중지를 모으는 쪽으로 결판나야 합니다. 지금은 이러한 정치적 행동이 긴요한 시점입니다. 몇몇 소수에 의해 방향이 잘못 잡히는 밀실 속 계획 오류에서 벗어나 각종 사회 현안이 다수에 의해 크로스 체크되어야 합니다. 그럴 때 우리가 머리를 맞대고 고려한 많은 변수가 철저히 제어될뿐더러 올바른 문제 해결의 방향 수립에 순기능으로 작용하는 디테일한 정책 설계도 좀 더 가능해지겠지요.

# 투
# 표

2016

세상에는 칼로 두부 자르듯 딱 떨어지는 일이 그리 많지 않습니다. 어떤 사안을 놓고 의견이 갈리기 쉬울뿐더러 특히 분배의 몫 앞에서는 이해 당사자들이 첨예하게 대립하기 일쑤지요.

투표는 그런 곤란한 상황에서 어느 한쪽으로 방향을 정하기 위한 가장 기초적인 의사결정 장치 중 하나입니다.

투표제도에는 다수가 원하는 방향이 옳은 것이라는 기본 전제가 깔려 있습니다. 즉, 사회 불특정 다수가 지지하는 방향이 곧 공익公益이라는 것이죠. 사회 일반 이익을 가리키는 '공익의 실체설'은 바로 이런 논리에서 비롯됩니다.

민주주의 사회에서 하루하루를 살아가는 우리는 표결 결과 자신의 의견이 비록 소수 의견으로 판명되더라도 투표 결과에 승복하도록 배워왔습니다.

문제는 '우리가 공익의 실체설이라고 주장할 만한 것이 과연 이 세상에 얼마나 존재하느냐?'이죠. 사회 일반 이익이 얼마나 존재하느냐에 대해 진지하게 의문을 던져보면, 공익의 실체설에 해당하는 경우는 그리 많지 않습니다.

민족주의가 절대적 가치로 받아들여지던 20세기 시절에는 국익에 열광하고 민족의 이익을 지키는 데 모두가 다 열중했습니다. 하지만 오늘날 세계화 시대를 살면서 사람들은 국익이나 민족주의라는 가치에 100퍼센트 동의하지 않습니다.

이른바 '검은 머리 외국인'들은 국익은 안중에도 없고 자기에게 높은 연봉을 주는 글로벌 기업의 이익 수호에만 열중하지요.

생태주의 가치가 점차 확산되면서 많은 사람이 환경 친화적 사회에서 살고 싶어 하지만, 생태적 삶의 구체적 지침이나 환경 친화적인 생산 방법론을 놓고는 인간 중심주의와 생태 중심주의 등 의견이 극심하게 나뉘져 통일된 목소리를 구하기 어렵습니다.

민족주의나 생태주의처럼 비교적 한 방향으로 의견이 모아지기 쉽다고 여겨지던 절대적 가치하에서도 이처럼 입장의 차이와 이해관계에 따라 추구하는 이익의 방향은 사뭇 다릅니다.

하물며 세대 간 가치 차이나 계층 간·지역 간 이익편차가 불 보듯 뻔한 민감한 사안들에 대해 투표로써 찬반의 방향을 정하는 것은, 인류의 보편적 사고나 인생 지혜와는 너무나 거리가 먼 짓이라는 생각을 지울 수 없습니다.

그래서 사람들은, 부분 이익들이 충돌하고 극심한 갈등을 빚을 때 당사자들끼리 머리를 맞대고 숙의熟議를 거치게 합니다. 또는 협상 테이블을 제도화한 뒤 당사자들을 한자리에 앉게 해 상호 견해차를 좁히게 하지요. 이러한 수순을 밟아 서로 합의점에 도달하게 하는 '공익의 과정설'을 더 지지하기 때문인가 봅니다.

첨예하게 갈등을 빚는 대상에게 죽든 살든 무조건 둘 중 하나만을 고르라고 강요하는 어설픈 투표제도보다는 지루하지만 모두에게 좀 더 합목적적인 결론을 얻기 위해 치밀히 준비된 타협과 합의의 경로를 인내심을 갖고 따라가게 하는 것을 더 존중하는 거지요.

노사정 삼자주의 등 합의주의 정치 문화나, 타운 홀 미팅, 시민원탁회의 등 숙의 민주주의의 활성화를 강조하는 정치적 외침은 이런 공익의 합의적 도출이 갖는 힘을 전제해 나온 것들이지요.

얼마 전 투표로 단행된 브렉시트의 경우, 영국 사회 내부의 문제이긴 하지만 세대 간·지역 간에 이 사안을 놓고 의견이 극렬하게 나눠져 있는데도 그것을 투표라는 방식을 통해 영국이 EU에 잔류할지 탈퇴할지를 결정하려고 했던 점에서 문제가 좀 있다고 봅니다.

더욱이 단 3퍼센트의 표결 차이로 어떤 세대와 지역은 승자독식 사회의 주인공이 되고, 다른 세대와 다른 지역의 출신은 모든 것을 다 빼앗긴 채 원하지 않는 방향으로 나아갈 수밖에 없는 결과를 낳고 말았습니다.

그러니 "부모 세대가 젊은이들의 미래를 빼앗았다"라며 부모 세대를 비난하는 젊은이들의 분노가 강하게 표출되었고, 리그렉시트 즉 재투표를 요구하는 일부 지역주민들의 움직임이 나타났습니다.

그런 점에서 브렉시트는 투표제도 이면에 내재된 다수결의 횡포를 경계하게 하는 교훈을 주지 않았나 생각해봅니다.

투표가 만병통치약은 아닙니다. 의견의 대립과 생각의 차이가 클수록, 이해관계가 첨예하게 부딪칠수록 시간을 들여서라도 중지를 모으고 동의를 구하는 절차를 밟아야 합니다. 한 발짝씩 물러나 양보의 시점이나 차선의 합의점을 도출해내는 절차적 민주주의의 제도화도 존중해야 합니다. 그것이 '좋은 과정이 좋은 결과를 나을' 확률을 훨씬 높여줄 것입니다.

# 신
# 뢰

**2015**

메르스 사태로 정부에 대한 시민의 불신이 날로 높아갑니다. 정부의 늑장 대응은 물론 방역 체계상의 여러 허점이 정부 불신을 자초했습니다. 결국 시민들 스스로가 예방하면서 병이 의심될 경우 자가 격리 및 조속한 병원 연락만이 궁극의 해결책이 되고 말았습니다. 그 과정에서 정부의 무능과 전문성 부족, 조기에 사태를 수습하려는 의지의 결여 등 많은 정부 불신 요소가 한꺼번에 드러났습니다.

불신의 장벽은 이것 말고도 사회 곳곳에 깔려 있습니다. 지금 우리 사회는 연금제도의 내실화, 복지 사회로 가기 위한 증세 추진, 청년의 취업 촉진을 위한 청년뉴딜 등에 대한 사회적 합의를 조속히 이루어 내지 않으면 안 됩니다. 하지만 정부의 정책 의지와 디테일한 정책 설계의 미흡, 또 단기 이윤만 노리는 재계의 허약한 사업 체질로 인해, 시민들은 생활 관련 국가정책이나 기초 사회제도에 대한 제도적 신뢰를 갖기 어렵습니다. 이러다가 정부라는 믿는 도끼에 시민들이 발등 찍히는 결과가 반복될까 봐 걱정됩니다.

저 개인적으로도 며칠 전 스마트폰을 새로 교체하고 기존 폰을 중고 판매하려던 과정에서 사회에 만연된 불신을 몸소 통감했습니다. 사용하던 스마트폰에서 필요한 정보는 백업을 해놓았기에 기존 기기를 대리점을 통해 공장 초기화한 뒤 중고 판매해보려 했습니다. 그런데 지인에게 문의하고 중고 판매의 안전 여부 관련 정보를 인터넷으로 확인한 결과, 스마트폰을 아무리 공장 초기화해도 누군가가 마음만 먹으면 기술적으로 데이터 복원이 얼마든지 가능하다는 사실을 알게 되었습니다. 이 사회에는 참 믿을 것이 하나도 없다는 사실에 망연자실하여, 사회 전반에 퍼진 불신의 깊이가 너무나 깊은 현실에 잠시 분노했습니다.

저의 스마트폰에 복원 가치가 있는 정보는 별로 없겠지만, 혹여 그 누군가가 흑심을 품고 제 삶의 과거 흔적을 들여다본다는 것은 생각만으로도 충분히 불쾌합니다. 그래서 중고 판매를 의뢰했던 기존 기기를 대리점에서 바로 찾아왔습니다. 누군가가 내 뜻과 무관하게 나를 들여다보고 해코지도 할 수 있다는 '만인의 만인에 대한 불신 세상'에서 우리 모두 자유롭지 못하다는 사실이 저를 잠시 우울하게 만들었습니다.

'민무신불립民無信不立'은 '백성의 믿음이 없으면 나라가 바로 설 수 없다'라는 공자의 말이지요. 그런 점에서 우리 모두의 삶에 질서를 부여하고 우리의 모든 행동에 보편적 기초가 되는 국가정책과 사회제도에 대한 제도적 신뢰를 확립하기 위한 정부의 지속적 솔선 의지와 적확한 행동이 필요합니다.

시민들도 불신 사회를 만든 점에서 결코 자유롭지 못하지요. 내 자유와 이익을 위해 남의 자유와 이익도 옹호해줘야 한다는 '자유의 사회성' 아래, 나의 작은 질서 파괴가 남의 재산과 마음에 큰 멍이 들게 할 수도 있음을 인식해야 합니다. 그러면서 자신의 행동거지를 단속하려는 자율적 속박 장치를 체화해야겠습니다. 만인에 대한 만인의 불신 흔적을 지우고 신뢰의 다리를 놓기 위해 나부터 무엇을 마음먹고 행동으로 옮겨야 할지를 생각해본 하루였습니다.

# 연대

2016

    하루 종일 바다에서 물고기를 낚은 어부가 해 질 무렵 해안에 배를 댑니다. 그러자 마을 아이들이 배를 향해 달려옵니다. 어부는 자신이 잡은 물고기 중에서 작은 것들을 골라내 아이들에게 일일이 나눠줍니다. 아이들은 행복한 얼굴로 물고기를 받아 집으로 갑니다. 어부는 물고기 중 일부를 추려 마을 어른 집으로 향합니다. 그리고 거동이 불편한 할머니들께 물고기를 저녁 찬으로 드립니다. 할머니들은 고마움의 마음으로 물고기를 받습니다.

    위의 얘기는 EBS의 〈세계테마기행〉과 〈한국기행〉 프로그램에서 본 장면을 발췌해본 것인데, 실로 진정한 나눔이 구현되는 아주 멋진 순간입니다.

한창 자라나는 아이들에게는 먹을거리가 부실해선 안 됩니다. 이미 기력을 잃어 경제활동을 못하는 어르신들도 끼니 걱정을 해서는 안 되겠지요.

우리가 그 실현 가능성에 고개를 갸웃하는 복지 시스템의 마련도 근본적으론 이런 세대 간 나눔이 아닐까요.

비록 내 새끼는 아니지만 아이들의 영양 상태를 돌봐주고 입을 옷과 보육·의료·교육 등 성장 여건을 마련해줘야 합니다. 그렇게 아이들 모두가 출발선상에 동등히 서게 해 미래의 일꾼으로 자라나게 해주는 시스템이 필요하지요. 그러면 어촌의 아이들이 어부의 선행을 보고 자라나 훗날 어부의 노후를 책임질 것입니다. 늙고 병들면 나도 후세대에 의해 공적 도움, 즉 연금이나 사회수당을 받을 수 있겠지요.

친부모는 아니지만 마을 어르신께 싱싱한 저녁 찬거리를 마련해드리는 것도, 어려서부터 자신을 귀여워해주고 돌봐준 동네 어르신들을 공동으로 부양하는 생활 공동체를 만드는 좋은 방법입니다.

물론 이런 생활 공동체를 만들기 위해서는 마을 어르신들의 어른다움도 필요합니다. 젊어서 열심히 노후 대비를 하되 기력이 쇠해지면 후세대에게 삶의 일부를 의지하겠다는 마음가짐이 필요합니다. 생선 선물에 진정으로 고맙다는 인사와 더불어 산나물을 뜯어 싱싱한 생선을 저녁 찬거리로 준 어부에게 나물무침을 선사하는 등 정情의 나눔도 필요하겠지요.

우리가 이처럼 세대 간 연대連帶의 방법에 대해 사회적 합의를 하고 그것을 제도로 자리 잡게 할 때, 내가 낸 세금이 나랑 아무 상관없는 타인들을 위해 쓰이는 것에 대해 고개를 젓는 부정적 조세관에서 벗어날 수 있습니다.

지금 우리 사회에는 보편복지를 위한 증세 합의 틀의 제도화나 연금개혁 과정에서 나오는 세대 간 충돌의 파열음이 큽니다. 세금의 용처를 둘러싸고 세대 간 전쟁의 조짐도 예상됩니다.

나눔과 연대의 경제가 조용히 실현되는 어촌의 살아 있는 지혜 속에서, 세대 간 전쟁을 해결하고자 하는 실마리를 얻어보면 어떨까 생각합니다.

내가 지금 후세대에게 베풀면, 나도 늙어 기력을 잃은 후 후세대의 부양을 기쁜 마음으로 수용할 수 있겠지요.

블라디미르 나보코프라는 러시아계 미국 작가는 적자생존이 아니라 '약자생존의 법칙'이 가장 의미가 큰 진화방식이라고 말합니다.

아동, 노인 등 사회경제적 약자들이 당당하게 살아갈 수 있도록 연대와 나눔에 입각한 공적 도움 장치를 제도화해 나아가는 것, 그 사회적 합의 틀 마련은 이런 약자생존의 법칙을 실천하는 데 아주 유용한 징검다리가 아닐까 생각해봅니다.

# 복지

2015

사회정의가 실종된 채 불공정의 정도가 심해도 너무 심하다고 생각하는 사람이 많습니다. 서민들은 죽어라고 노력해도 그에 상응하는 대가를 충분히 받지 못하는데, 모 그룹의 CEO 연봉은 천정부지로 뛰어올랐습니다. CEO와 평직원 간의 임금 격차가 66배나 되는 '66배 자본주의'의 버젓한 현실에 대해 사람들은 고개를 갸웃합니다.

금수저, 흙수저의 수저 계급론 등 불공정 · 부정의不正義의 요소들이 젊은이들의 앞날을 부당하게 좌우하는 정의롭지 못한 사회에서 많은 이가 쓰디쓴 삶을 강요당하고 있습니다. 참으로 아픈 현실이지요.

취업이 어려운 청년들은 나이에 걸맞지 않게 세상살이에 달관한 듯 N포세대가 되어갑니다. 중산층들도 무지의 베일 속에서 불확실한 미래에 대한 불안감을 금치 못합니다.

조기 퇴직의 강요 등 고용 불안 속에서 중년들은 언제 삶의 나락으로 떨어질지 모르는 데서 오는 불안감에 사로잡힌 채 서바이벌 증후군을 앓고 있습니다. 초고령화 사회를 앞두고 노인들의 빈곤율은 높이 치솟고, 빈곤 아동의 수도 날로 늘어갑니다.

엄청난 삶의 무게 앞에 세대를 불문하고 복지 수요가 증폭되고 있습니다. 그럼에도 지난 대선을 비롯해 선거철마다 등장했던 '퍼주기식 복지'의 폐해가 시간이 흐르면서 보편적 복지에 대한 사람들의 부정적 선입견을 키우기만 하는 것 같아 정말 안타깝습니다.

표를 노리는 퍼주기식 복지, 즉 전체 노인에게 연금을 준다는 기초노령연금, 아이가 태어나면 모든 아이의 양육을 국가가 맡고, 부잣집 아이들의 점심도 나라가 책임지겠다는 무상보육, 무상급식의 후유증이 심각합니다(물론 재정적 한계로 인해 노인연금은 소득 기준 하위 70퍼센트 이하의 노인으로 지급이 한정되고, 최근 전업주부의 아이에겐 보육 서비스의 일부가 제한됩니다).

세밀하게 설계되지 못한 채 급조된 선거용 퍼주기식 복지정책의 폐해로 말미암아 불확실한 미래에 대비해 시민들이 필요할 경우 기본권 차원에서 일정한 복지망 안에 들어가 있게 하자는 보편적 복지의 기본 취지가 도마 위에 오른 채 부당하게 난도질당하는 것 같은 느낌을 지울 수 없습니다.

사람들이 일시적으로 삶의 나락에 떨어져도 다시 사람답게 부활할 수 있도록 빠짐없이 사회 안전망에 포함시키고, 어느 정도 인간다운 생활이 가능하도록 소득·교육·의료·주거 면에서 기초보장을 받게 해주는 복지제도의 두 가지 요건, 즉 복지제도의 포괄성과 보장성은 매우 중요한 삶의 기본 조건으로 재해석되어야 합니다.

보편적 복지로 나아가는 도정에서 복지제도의 포괄성과 보장성을 제도적으로 구비해야만 우리는 자본주의 시장 안에서 덜 상품화되고 탈脫계층화될 수 있습니다. 즉, 지갑 속의 구매력이 약하다고 해서 사적 시장에서 구박받거나 문전박대 당하지 않습니다.

다니는 직장이 대기업이든 중소기업이든, 자신의 신분이 정규직이든 비정규직이든 그것에 구애받지 않고 모두가 당당하게 직장생활을 할 수 있습니다. 그럴 때 내 자식들도 빈곤의 악순환에서 벗어나 기회 균등의 이념 위에서 '취업의 선순환' 등 밝은 앞날을 지향할 수 있습니다.

문제는 아직 복지국가의 걸음마도 제대로 떼지 못한 실정에서 선거용으로 급조된 몇몇 퍼주기식 복지제도의 폐해 때문에, 마치 우리가 복지병으로 인해 응급실이나 중환자실에 오랫동안 누워 있는 중환자라도 되는 것처럼 현실이 오도되고 있는 점입니다.

사람들은 복지제도를 헐뜯고 재원 조달 문제를 내세우며 보편적 복지의 근간을 만들고자 하는 사회적 합의에 선뜻 다가서지 않습니다. 복지제도의 포괄성이 있어야만 내가 시장에서 덜 상품화되고, 직장의 규모 여부에 따른 불합리한 직장복지의 차별에서 자유로울 수 있는데도 말입니다.

복지제도의 포괄성이 있어야만 우리 모두가 복지의 사각지대에 갇히는 일이 없습니다. 복지제도의 보장성이 어느 정도 자리 잡아야만 굳이 사적 시장에서 생돈 들여가며 사보험을 별도로 구입할 필요가 없습니다.

복지국가의 전범으로 소개되는 노르웨이를 비롯한 북유럽 국가들의 복지 기반은 재정이 충분히 커버할 만큼 복지 수혜자의 수가 적어서가 아니라, 보편적 복지와 보편증세에 대한 강한 정치적 의지와 시민들의 자발적 부담 의지에서 기인합니다.

박노자가 기획한 《나는 복지국가에 산다》라는 책에 의하면, 노르웨이에는 시민들 삶에 곤궁한 점이 발생하면 국가가 먼저 나서서 사회적 약자들에 대한 제도화된 공적 도움 장치를 마련해줍니다. 이에 따라 정부에 대한 시민의 기본 신뢰가 자리 잡고 있습니다. 그래서 노르웨이는 복지국가 운영에 드는 경비를 조성하는 데 시민들이 흔쾌한 마음을 갖는 나라입니다. 부자 기업에 대한 세율이 높고, 부자는 물론 중산층들도 '사회연대세' 성격의 세금을 흔쾌히 냅니다.

오랫동안 노르웨이에서 생활을 체험한 한 한국인은 말합니다. "시냇물을 나그네에게 나눠준다고 해서 그 물이 없어지지 않고, 촛불의 불씨를 이웃에게 나누어준다고 해서 불빛이 덜한 것이 아니다"라고. 이렇듯 사회민주주의 사상이 일상에서 잘 실천되는 나라가 노르웨이입니다.

선거용으로 어설프게 급조하여 복지제도에 부정적 선입견을 심어준 퍼주기식 복지는 반드시 시정되어야 합니다. 그래서 복지 수급을 필요로 하는 사람들을 우선 챙기면서도 무지의 베일 속에 하루하루를 살아가는 우리 모두가 개인적으로 해결하기 어려운 문제, 즉 구조 귀인론에 해당되는 생활 문제들에 봉착했을 때, 그 난관을 헤쳐 나와 자립할 수 있게 도와주는 공적 도움 장치를 조금씩 굳건히 만들어야겠습니다.

자라나는 새싹들이 동등한 출발선에 설 수 있도록 기회 균등 장치를 마련해주어야 합니다. 그리고 불가피하게 좌절하여 무너진 사람들도 재기할 수 있도록 필요$_{need}$에 기반한 정의 차원에서 '기초 생활재'를 제공해주는 쪽으로 가야 합니다. 그렇게 복지의 외연이 확대되고 복지제도의 내포가 점차 깊어지는 성숙한 사회의 모습을 그려봅니다.

# 문
## 화

**2015**

외국 도시들을 여행하다 보면, 다운타운에 위치한 웅장하고 멋진 도서관이나 화려한 공연 홀들을 종종 볼 수 있습니다. 그것들은 그 도시를 대표하는 랜드마크가 되어 국내외적으로 많은 사람의 방문을 재촉하는 관광 명소가 되고 있습니다.

우리도 세련되고 멋진 큰 도서관이나 웅장한 미술관 건물, 화려한 색채의 대형 공연장이 자신이 살고 있는 시내 한복판에 들어서길 희망합니다. 한 도시의 랜드마크 역할을 하는 멋진 대형 문화예술 시설의 도심 입지를 선호하고 그것의 등장을 매우 자랑스러워합니다.

문제는 이처럼 문화예술 시설이 도심 한복판에만 존재한다면, 어쩌다 시민들이 그곳을 방문하려고 해도 큰마음을 먹어야 하고, 일부러 시간을 내어 버스나 지하철을 타고 도심까지 나와야 하는 수고로움과 불편이 따른다는 점입니다.

문화예술 시설은 도시의 랜드마크로 화려하게 존재하는 것도 의미가 있지만, 사람들이 사는 동네에 작은 규모로나마 골고루 들어서는 것도 중요하지요. 그래야 사람들은 동네 마실 가듯 지역의 문화 시설들을 자주 애용할 수 있을 것입니다.

집 문을 나서서 몇 분 걸음 거리 곳곳에 작으나마 문화 시설이 있다면 우리는 아주 편한 마음으로 자주 도서관에 가서 책도 보고 DVD도 대여해 볼 수 있습니다. 인근 문예회관에서 저렴한 비용으로 문화 공연도 즐기며 가족과 아름다운 추억도 새길 수 있습니다.

문화부 기자 박태성은 이런 점에서 문화를 '뙤약볕 아래 나무 그늘'로 정의합니다. 한여름 무더위가 찾아오면 뙤약볕 아래의 나무 그늘을 그리워하듯, 고된 하루 일과 뒤 인근의 문화 시설을 찾아가 머리를 식히고 마음을 내려놓으며 재충전을 합니다. 그러면 내일을 버틸 힘과 번뜩이는 창의력을 도모할 수 있습니다.

문화 시설은 도심 한복판에 스펙터클한 랜드마크로 존재할 수도 있지만, 뙤약볕 아래 나무 그늘처럼 사람들 곁 곳곳에 포진하는 것이 더 정답이 아닐까요? 그래야 "나를 키운 것은 동네도서관이다"라고 말한 빌 게이츠 같은 창조계급이 더 많이 나올 수 있겠지요.

문화 시설 입지의 논의와 함께 문화 공급 주체에 대한 새로운 생각도 필요합니다. 문화 서비스의 공급을 관에게만 맡기는 것은 다소 문제가 있습니다. 물론 행정관청에 문화 서비스 공급의 책무가 일정 부분 있는 것은 당연합니다. 그러나 관 주도의 문화행정은 자칫 국화빵 제조기의 결과를 낳기 쉽습니다.

지역의 문화 수요에 맞춤형으로 접근해 들어가야 하는데, 우리 공직 사회의 현실은 승진에 좀 더 유리한 쪽으로의 보직 경로 밟기 경쟁 때문에 순환보직이 너무 자주 이루어집니다.

그렇다 보니 문화행정에 아무 흥미도 열의도 없는 공무원이 문화행정 일을 맡게 되는 경우가 적지 않습니다. 그러면 일에 열정이 없고 그저 위에서 시키는 대로 혹은 다른 지역에서 한 것을 그냥 베끼는 일 처리가 되기 십상입니다.

관 특유의 예산 타령 때문에 돈이 없으면 한 발짝도 움직이지 않는 관의 행태도 쉽게 근절되지 않습니다. 승진이나 인사고과에 직접 관련되지 않으면 소극적 일 처리에 그냥 자족하고 맙니다. 일천한 자치 역사 때문인지 자치단체장의 단기적 업적 챙겨주기 차원에서 문화 시설의 확충, 즉 문화예술 시설의 물리적 인프라나 하드웨어 구축에만 치중하기도 합니다. 문화 시설 내의 콘텐츠 확충보다는 외양의 껍데기 갖추기에 급급하니, 주민의 문화 수요 충족보다는 지역 내 토건업자의 배만 불리는 결과를 낳을 우려도 있습니다.

지역경제 활성화 차원에서 문화에 대해 너무 산업적 접근만 하는 관의 문제점도 배제할 수 없습니다. 문화는 어디까지나 시민들이 일단 즐기고 활용해 행복한 시민생활을 지향하게 하는 원동력이 되어야 합니다. 그런데 단기적 경제 논리에 치우쳐 문화 콘텐츠 개발과 문화 산업 진흥 쪽으로만 성급히 예산을 쓰다 보니 문화의 생활화가 뿌리 내리지 못할 수도 있습니다. 어디까지나 시민이 생활 속에서 문화 서비스를 향유하며 행복한 삶을 누리다 보면 그 행복 바이러스가 외부로 퍼져 나가 다른 지역 사람들, 심지어 외국 관광객도 그것을 맛보려고 일부러 찾아오고 방문하는 것이 순리입니다.

단견적으로 문화 산업만 쫓다 보면 주객이 전도되고, 그 결과 소 잃고 외양간 고치는 격이 됩니다. 그런 면에서 관민 거버넌스식 운영이 긴요합니다. 시민의 문화 수요를 정기적으로 조사해 문화 콘텐츠의 보강에 체계적으로 반영할 필요가 있습니다. 그리고 문화 서비스 공급에 시민의 아이디어나 자원봉사와 재정기부를 담아낼 수 있는 관민 협치 프레임 마련이 필요합니다.

속칭 전문 문화예술인이라고 하는 소수의 사람이 문화 서비스 공급을 독점하는 문화 권력도 견제할 필요가 있습니다. 상업 뮤지컬 등을 보려고 비싼 티켓값을 강요받고 드레스 코드에 온갖 신경을 쓰며 공연 중 언제 박수칠지 남의 눈치를 과도하게 보는 것은 잘못된 생각에 따라 문화 공급자의 범위를 너무 좁게 잡다 보니 파생된 문제들입니다. 마음먹기에 따라, 또 우리의 기획 의지에 따라 우리는 저렴하게 혹은 무료로 공연장 안팎에서 일상의 옷차림 심지어 등산복 차림으로도 공연을 즐길 수 있습니다.

진정한 문화예술인은 비싼 티켓을 사는 사람에게만 자신의 예술을 보여주지 않습니다. 그리고 드레스 코드 따위를 고집하지 않습니다. 언제 박수쳐야 하는지 눈치 보는 사람보다는 가장 편한 마음으로 자신의 공연 연주를 스펀지처럼 한껏 빨아들이며 진심으로 열렬히 박수를 쳐주는 관객을 가장 사랑할 것입니다.

시민들도 문화 소비자라는 소극적 자세에서 벗어나 자신을 자유롭게 표현하기 위해 문화 생산자로 나설 필요가 있습니다. 스스로가 악기를 부단히 연습해 남 앞에서 연주할 수도 있고 어설프지만 곡과 가사를 써볼 수도 있습니다. 열심히 그림을 그리거나 붓글씨를 쓴 뒤 동네 미술관이나 도서관 로비에서 공동으로 전시해볼 수도 있습니다.

종래엔 문화 소비자였던 우리가 직접 문화 생산자가 되어보는 그런 문화 프로슈머 자세가 문화의 생활화를 앞당깁니다. 또한 소수의 문화 권력에 의해 차단된 문화 민주화의 장벽을 무너뜨릴 지름길을 만들어낼 수 있습니다.

시민들이 큰마음으로 문화 공급 주체의 스펙트럼을 넓혀가며 생활문화 창출에 스스로 노력할 때, 문화 향유는 우리의 기본 시민권으로 더 빨리 자리 잡을 수 있습니다.

# 개
# 관

2016

이렇게 이용객이 많을 줄 몰랐습니다. 이렇게 동네 도서관 개관開館을 학수고대한 사람들이 주변에 많을 줄 몰랐습니다.

도서관이 개관하자 동네 주민들이 물밀듯 도서관으로 밀려들었습니다. 도서관 대출증을 새로 만들려고 카운터 앞엔 장사진을 이루고, 무슨 큰 구경난 듯이 사람들은 연일 도서관을 찾았습니다.

더위를 피해 에어컨 바람이 시원한 도서관으로 피서 온 동네 어르신들도 있었습니다. 그런데 다음 날 가보니 그 어르신들도 책을 골라 읽고 계셨습니다.

아이들은 원통형 소파나 넓은 책상에 앉아 쥐죽은 듯 책을 읽어 내려갔습니다.

방학을 맞아 오갈 데 없던 동네 대학생들은 백팩에 잔뜩 공부거리를 메고 찾아와, 밤늦게까지 자신의 꿈을 일구고 있습니다.

평소 책과 친하지 않을 법한 아저씨, 아줌마 들도 처음엔 어색한 듯 책을 고르더니 곧 독서 삼매경으로 빠집니다.

진작 완공에 속도를 내어 동네 도서관이 빨리 개관했더라면 더 좋았을 것입니다. 이렇게 많은 사람이 손꼽아 기다렸던 도서관 개관이었다면 말이지요.

뒤늦게나마 개관한 이 도서관에서 많은 이가 문화복지를 한껏 향유하기를 바랍니다. 자신의 바람만큼 도서관을 열심히 이용해 각자 인생 도정의 길을 아름답게 가꾸었으면 합니다.

아! 저도 서둘러야겠네요.

도서관에서 제가 제일 좋아하는 창가 자리를 차지하려면 빨리 도서관으로 달려가야겠지요.

# 재
# 생

2016

　대학에서 제가 가르치는 교과목 중에는 '사례분석을 통한 세상 읽기'라는 강좌가 있습니다. 주로 4학년 학생들을 수강 대상으로 하는 과목이지요.

　학생들이 미래의 일터에서 직면할 직장 문제, 졸업하고 사회에 나가면 당장 생활인으로서 직면할 사회 문제 등의 해결 방법을 학생들이 자기 주도적 학습을 통해 미리 강구해보는 수업입니다. 졸업을 앞둔 4학년 학생의 사회 적응력 제고가 이 수업의 교육 목표입니다.

　개강하고 몇 주가 흘렀을까요. 강의의 취지와 수업 진행방식에 대한 학생들의 이해가 어느 정도 높아졌습니다. 그 틈을 타 '1인 기업가 되기 프로젝트'라는 주제 아래, 학생들 스스로가 도모하고 싶은 1인

창업 유형을 한 가지씩 택하여 그것의 성공 조건과 실행전략을 개별적으로 연구한 뒤 친구들 앞에서 자기 사례를 발표하는 시간을 가져 보았습니다.

그런데 뜻밖에도 학생들이, 가구나 의류 등의 리폼 업체 혹은 환경을 위해 물건의 재활용·재사용을 추진하는 환경단체들을 정책 지원하거나 홍보해주는 사업 등을 자신이 추구하는 1인 창업의 유형으로 선택한 경우가 적지 않았습니다.

공부가 무르익고 취업이나 사회 문제에 대한 관심이 큰 4학년이어 서일까요? 저학년 학생들과는 달리, 환경 보전을 위해 재생·재활용의 중요성을 마음속으로 키우고 그것을 일의 영역으로까지 발전시키려는 학생들의 생각이 참 대견했습니다.

웬만큼 쓰고 나면 쉽게 버리는 데 익숙한 것이 우리의 현실인데, 또 어떤 경우에는 새것을 샀기에 다 쓰지도 않은 기존의 것을 그냥 내다 버리는 경우도 많은데, 쓰고 버린 것을 재생해 다시 쓰자고 하니 학생들이 여간 기특한 것이 아니었습니다.

덕분에 1인 기업가 되기 프로젝트 발표 시간은 학생들이 더 이상 소비자에 머무르지 않고, 의미 있는 생산자가 되고자 스스로 출사표를 던지는 자리가 되었습니다.

버리는 것에서 새것을 만들어내는 것은 또 하나의 창조입니다. 그렇기에 세상을 다른 눈으로 보려는 학생들이 대견하지만, 그들의 건전한 직업적 상상력이 현실에서 꽃피우도록 제도로 이끌어주기 위한 사회의 실질적 도움과 안내 장치도 꼭 필요하단 생각이 들었습니다.

현재 정부와 사회의 청년창업 지원 절차를 보면 제도의 홍보는 참 화려한데, 실질적 지원 효과는 기대에 많이 못 미치는 것 같아 안타깝습니다. 국민 혈세로 마련된 나랏돈으로 창업을 지원하는 것이니 탄탄한 심사 절차가 필요하고, 잘 선별해 지원해야겠지요.

문제는 너무 단기적·가시적 성과를 심사 지표로 삼다 보니, 긴 호흡으로 창업 절차를 지원해야 할 장기 사업 아이템이나 인문사회과학 전공 학생들에 대한 창업 지원은 그리 수월하지 못하다는 것입니다. 이들의 경우 창업 지원 효과가 금방 눈으로 드러나는 것은 아니니까요.

학생들이 구상한 리폼과 재생 사업이 에너지 절약을 넘어 우리의 새로운 생활양식이나 생산방식이 되도록 졸업을 앞둔 학생들의 창업을 실질적으로 도와주는 지원 절차와 사회적 유인 장치가 조속히 우리 곁으로 다가오면 좋겠습니다.

직
장

# WORK
# PLACE

# 직
## 장

**2015**

성인 나이의 사람들이 하루에 가장 많은 시간을 보내야 하는 곳. 식구들의 밥과 옷을 구하기 위해 쓰린 속내를 드러내지 못한 채 꾹꾹 참으며 하루의 일과를 소화해내야 하기에 사람들 마음을 가장 아프게 하는 곳. 거친 정글 같은 곳, 직장!

사람들은 힘겨운 노동에 몸이 으스러지게 아파도, 거대한 컨베이어 벨트 안의 일개 부품처럼 다람쥐 쳇바퀴 도는 듯한 단조로운 일상에 마음이 한없이 허해져도, 오직 식구들의 밥과 옷을 마련하고 자식들의 학용품값을 대기 위해 열심히 일해왔습니다.

직장도 한때는 온정주의적 시각에서 직장인들의 수고로움을 다독여주기도 했습니다. 그러나 최근의 직장 현실을 보면 그런 온정주의적 시각은 많이 쇠해진 것 같습니다. 어려운 경제 상황을 빌미로 돈 냄새만 진동하는 비인간적 평가 잣대를 마구 들이대며 직장인들을 자꾸 순응적 조직인으로 만들려는 억압적 분위기가 두드러지는 비인간적 장소가 되어가는 것 같아 참 걱정입니다.

경제 현실이 녹록지는 않습니다. 해고의 두려움에다가 취업이 어렵다 보니 '일자리가 곧 복지'라는 복지제도 초기의 저급한 인식이 마치 최고의 복지 해법처럼 운운되기도 합니다. 고용 불안을 낳는 구조적 요인들을 쉽게 떨쳐버릴 수 없는 현실에서, 그래도 일자리를 주는 직장에 감지덕지해야 한다는 것이지요.

20세기 초만 해도 직장은 온정주의적 시각이 반영된 가축우리로 인식되었습니다. 마치 외양간을 청결하게 해주고 조도照度를 높여주면 젖소들이 우유를 많이 생산하듯이 종업원들의 작업 환경과 작업 조건을 배려해주면 노동생산성을 높일 수 있다는 것이었지요. 사람들은 이를 '젖소 사회학cow sociology'이라고 불렀지요.

지난 세기 중반부터는 생산성과 능률성 등 수단적 가치의 강화 때문에 많이 약해진 인도주의적 가치를 좀 더 옹호하기 위해, 협의적 리더십 스타일로의 변화와 배려 지향적 근무제도 등 조직 인도주의의 여러 형태가 표출되기도 했습니다.

20세기 후반엔 작업장 민주주의나 조직 민주주의의 각도에서 하층 구성원들의 집합적 목소리 내기의 정당성이 논의되고 그것을 조직 현장에서 실험해보는 여러 실례도 있었지요.

그러나 21세기 신자유주의 시대의 직장은 카우보이 자본주의 세상이 되고 말았습니다. 즉, 무한경쟁 원리를 토대로 한 상호약탈식 성과 연봉제와 노동 유연화라는 미사여구 아래 끊임없이 고용 불안을 조장하는 파견직·계약직 등 비인간적 고용제도의 범람, 청년을 대상으로 한 열정 페이의 강요 등 사람들을 순응적 조직인으로 만들기 위한 자본의 계급 이해와 직장 상층부의 직원 통제전략이 날로 강해지고 있습니다. 사람들이 이에 조금이라도 저항하면 마치 카우보이들이 방목을 위해 울타리에서 소들을 쫓아내듯, 직장이라는 울타리 밖으로 내치는 카우보이 자본주의 세상이 되고 만 것입니다.

직장의 비인간적이고 부당한 처사에 대해 직장인이 택할 수 있는 대응책은 몇 개 안 됩니다. 허쉬만의 지적처럼 홧김에 사직서exit를 내던질 수도 없습니다. '나 하나 대든다고 해서 세상이 변하겠냐?' 하는 소극적 생각에 조직 명령에 그저 묵종loyalty하는 것도 해법은 아닙니다.

가장 바람직한 방법은 직장의 부당한 처사에 공동으로 직면한 직장인들이 집합적 목소리를 내는 것입니다. 공동의 문제에 공동의 치유자가 되는 것이 궁극의 해법이지요.

그러나 직장인이 처한 직장 내 각자의 위치와 단기적 시간관觀 때문에 비인간적 조직 현실에 불만을 느끼는 정도가 조금씩 다르고, 그러다 보니 한목소리 내기가 점점 어려워집니다. 즉, 각자도생의 트랙에서 도토리 키재기식 경쟁의 희생양만 되고 있는 것이지요.

그 틈을 타고 직장인을 무한 경쟁시켜 분열·통제하려는 조직 상층부의 관리전략은 날로 교묘해지고, 어려운 경제 현실을 빌미로 그것이 어엿한 공식제도로 자리 잡고 있습니다. 그러니 어렵게 행해진 노동자의 정당한 집합행동에 대해서조차 탄압이 가해집니다.

직장의 부당한 처사에 대해 직장인들이 뜻을 모아 일일이 대응하기에는 직장이 난공불락의 성이 되어버렸습니다. 그러니 대응 과정에서 정신적 고통과 에너지 소모가 이만저만이 아니지요.

때로는 그 부당함을 알리기 위해 자살이라는 극한적 방법이 동원되는 슬픈 현실이지요. 정혜윤이 쓴《그의 슬픔과 기쁨》이 이러한 노동 현실의 아픔을 극명하게 보여줍니다. 그러나 이 책에서 쌍용자동차 해고 노동자들이 각고의 현실에서도 서로 연대連帶의 기쁨을 맛보듯, 직장인들은 정말 어렵더라도 직장생활의 고통에 내재된 공통분모를 서로 공유하며 공동 치유자로서의 합법적 제도투쟁을 절대 포기해선 안 되겠습니다.

자본의 이해와 조직 상층부의 통제전략에 주눅 든 채 뒤에서 불만만 토로하지 말고, 그것에 의연하게 맞서기 위해 조직 상층부를 도덕적으로 이기기 위한 최소한의 공동전선이 필요합니다. 그런 점에서 젊은 날 한국 불교의 현실이 걱정되어 종단에 비판적이던 법륜 스님에게 넌지시 근본적 해법을 제시한 다른 스님의 말씀을 음미해볼 필요가 있습니다.

"이보게. 어떤 사람이 논두렁에 앉아 마음을 청정히 하면 그가 바로 중이고, 그곳이 바로 절이네. 그게 바로 한국 불교이고"라는 답을 준 선배 스님의 말씀과 "탑 앞의 소나무가 되거라"라는 스승 스님의 말씀이 바로 그것입니다.

전자는 남 탓이라고 비난만 하지 말고 자신의 존재 이유를 다하는 과정에서 스스로 문제 해결의 주체가 되라는 취지의 말씀입니다. 또 후자는 억압적 상황에 일희일비하지 말고 자신을 괴롭히는 세력보다 더 큰 정신적 존재가 되어 그 존재의 무게감으로 그들을 정신적으로 압도하라는 말씀으로 해석됩니다.

직장인을 현대판 노예처럼 대하는 조직 상층부의 안이한 시각을 교정해야 합니다. 그러자면 어렵더라도 직장인이 도덕적으로 무장해 쉽게 무시당할 수 없는 존재감으로써 자신의 존재 가치를 입증해내는 직업철학의 정립이 시급합니다. 또한 그것을 위한 도덕적 싸움을 게을리하지 말아야겠습니다.

우리는 지금 신자유주의 시대의 지배적 행동 규범인 무한 경쟁과 각자도생의 폐해에 공동 대처하기 위해, 직장인들의 집합적 목소리 내기와 조직 상층부를 압도할 수 있는 직업철학상의 도덕적 우위를 확보해내야 할 매우 긴요한 시점에 서 있습니다.

# 용기

2015

　자신의 뜻이 단단할 땐, 남의 감언이설이나 남의 폭력적 개입에도 쉽게 흔들리지 않습니다.

　내 의지가 약할 때 남의 말에 일희일비하게 되고, 직상 상사의 얄팍한 힘조차 두려워서 그에게 기대려고 알아서 기는 등 스스로 타자화의 길을 걷게 되지요.

　내가 타자화가 안 되려면 자신의 뜻을 곧추세우고 여린 마음을 담금질해야겠지요.

　나 자신이 스스로 당당할 때, 어제의 나보다 더 나은 내일의 나를 지향할 새로운 힘이 생깁니다.

　우리는 그 새 힘으로써 직장생활의 도처에 깔려 있는 암초들을 슬기롭게 피하며, 내가 가야 할 길과 내가 가고 싶은 길을 내 뜻대로 뚜벅뚜벅 걸어갈 수 있겠지요.

결국 삶은 어설픈 연금술보다는 무쇠를 만드는 담금질 코스여야 합니다.

그 코스는 힘든 고통의 길입니다.

그러나 담금질의 고통이 삶을 더 단단하게 해주는 법이지요.

고통의 기억은 내가 흔들릴 때마다 나를 바로잡아주는 죽비 소리로 다가올 겁니다.

담금질의 고통을 견뎌내는 결기곧고 바르며 과단성 있는 성미가 진짜 용기입니다.

고통을 견뎌내는 용기만이 타자화되기 쉬운 나를 구해내어 자율과 자립의 길에 군건히 서게 해줄 것입니다.

# 조
# 직

2015

직장이라는 조직은 우리가 먹고 살기 위해 일하는 일터입니다. 직장인 개개인의 입장에서는 일을 많이 해서 일정한 성과를 내야만 월급이 나오고 연봉이 올라갑니다.

조직은 많은 사람이 모여 함께 일하는 인간 결합체이기도 합니다. 따라서 일하는 과정에서 상호 지켜야 할 직장인으로서의 도리, 즉 직장윤리도 중시되어야 합니다.

직장윤리의 시각에서 공공조직을 들여다보면, 조직은 5 대 95의 사회입니다. 비리를 저지르거나 근무 자세에 큰 문제가 있는 5퍼센트의 조직 구성원 때문에, 나머지 95퍼센트가 도매금으로 넘어가 비판을 받거나 조직 전체가 개혁의 대상으로 전락하는 경우가 적지 않습니다.

조직에 누累가 되는 5퍼센트에 대해선 무거운 패널티나 따끔한 스틱이 가해져야 하지만 그에 대한 처벌이 솜방망이이다 보니, 5퍼센트의 불량자가 잘 걸러지지 않고 여전히 공무원 신분을 유지합니다. 그러다 보니 대다수인 95퍼센트가 불량한 5퍼센트를 단속하기 위한 수단으로 만들어진 여러 제도의 희생양이 되기 쉽죠.

우리 공직 사회에 만연된 우정형·조직이익형 윤리기풍ethical climate도 문제입니다. 웬만한 잘못은 서로 봐주고 조직 이익을 위해 묵인 및 방조하는 경향이 이런 문제를 더 증폭시키고 있지요.

시각을 달리해 생산성의 각도에서 공공조직을 들여다보면, 조직은 20 대 80의 사회입니다. 모든 공공조직의 현실을 일반화할 수는 없지만 대략적으로 보면 우수한 20퍼센트가 범용한 나머지 80퍼센트를 이끌고 갑니다.

현미경을 조직현실에 들이대면 조금 더 세부적인 얘깃거리를 도출해낼 수 있습니다. 즉, 조직에 실질적으로 기여하는 20퍼센트도 나눠보면 정말 탁월한 인재 5퍼센트와 그보다 머리는 좀 못하지만 마음으로 자기 일에 최선을 다하는 나머지 인재 15퍼센트로 나눌 수 있지요.

범용한 80퍼센트도 둘로 나누어지는데, 평범한 역량이지만 법적 문제를 야기해 조직에 누가 되지는 않는 75퍼센트와 위에서 얘기한 불량자 5퍼센트로 나닙니다.

모든 직장인에게 동일한 역량 수준을 요구할 수는 없습니다. 사람의 머리에는 분명히 차이가 있기 때문입니다. 그것이 역량 차이로 나타납니다. 그러니 탁월한 인재 5퍼센트와 그보다는 좀 못하지만 비교적 좋은 머리를 가진 15퍼센트에게 알맞은 일거리를 부여하고 그에 합당한 인사 처우를 해주는 것이 필요합니다.

그러나 강한 윤리적 잣대는 직장인 모두에게 공동으로 요구됩니다. 즉, 직장에 대한 직장인들 마음 씀의 평균율은 꼭 필요합니다. 어느 정도 높은 수준의 윤리 준거점을 제시하고, 그 기준에 이르도록 동기부여와 처벌전략을 현명하게 활용할 필요가 있습니다.

즉, 머리와 마음이 모두 출중한 사람들의 비율을 현재의 5퍼센트에서 20퍼센트까지 확대하려는 인센티브전략과 체계적 인력관리가 긴요합니다. 또 범용한 나머지 인력 80퍼센트가 우수한 인력인 20퍼센트 쪽으로 진화해 넘어오도록 직무역량 훈련, 체계적인 직무 배치 전환과 경력개발제도의 도입, 윤리 교육의 내실화 및 보수의 현실화 등 적극적 인력관리도 요구되지요.

조직에 누가 되는 최하의 5퍼센트에겐 삼진 아웃제를 전제로 만회의 교육 기회를 주되, 개선의 기미를 전혀 보이지 않을 땐 나머지 95퍼센트를 위해 조직을 떠나게 하는 고육책도 불가피합니다. 그래야 나머지 95퍼센트가 5퍼센트를 잡기 위해 만들어진 불필요한 제도의 희생양이 되지 않을 것입니다.

최상층 5퍼센트의 자존감을 지켜주는 인사제도도 필요합니다. 섣불리 성과급 몇 푼 더 던져주며 그들을 어설픈 경쟁 체제에 가두기보다는 그들을 믿고 스스로가 자기를 연마하게 하는 자율적 인력관리방식으로써 그들의 자존감을 높여주는 것이 필요합니다.

그들 중에서도 만의 하나 머리는 타의 추종을 불허하지만 마음에 크나큰 비윤리의 병이 든 자가 있다면 그를 경계하고 색출해내는 윤리적 장치도 요구됩니다. 머리는 최상의 수준인데 마음의 자율적 속박이 약한 사람들에게는 부패 행동에 대해 더 강한 채찍이 필요하지요. 이들이 사고를 치면 그야말로 대형 사고일 것이 불 보듯 뻔하기 때문입니다.

성과 효율을 신자유주의 시대의 최고 덕목으로 내세우며, 생산성의 각도에서만 조직인의 역량을 획일적 잣대로 측정하고, 그 결과에 따라 직장인을 한 줄로 세운 뒤 당근carrot과 채찍stick의 방법으로 관리하는 방법은 자칫 조직 내 인간화 가치와 충돌할 수 있습니다.

냉철하게 조직의 현실을 들여다보고 조직인의 역량과 윤리 수준을 균형감 있게 판별해내 그에 맞는 인력관리의 방향을 가져가야 합니다. 그래야 직장윤리와 생산성 양면에서 국민의 손가락질을 받지 않고 공공조직이 나라 살림꾼으로서의 존재감을 존중받을 수 있습니다.

그런 점에서 조직의 장長 역할이 새삼 중요해집니다. 조직의 현실을 직시하는 그들의 날카로운 눈과 판단력이 생산성 제고의 해법을 찾아낼 것이기 때문입니다. 또한 하위자들의 아픈 구석을 위무해주는 그들의 섬김 리더십이 직장윤리의 든든한 기반을 만들어내기 때문입니다.

# 상
# 생

2016

우리는 직업(직장)세계를 자기 개인의 관점에서만 보는 버릇이 있습니다. 내가 먹고살기 위해 필요한 월급을 주는 곳, 나를 높은 자리로 승진시켜 한껏 힘을 뽐내도록 기회를 주는 곳으로 직장을 이해하는 것이지요.

그러나 직장이 시행하는 각종 인사제도를 들여다보면, 직장인이 개인의 시각에서 제도를 대하는 관점과 더불어 그 제도를 운영하는 조직 본래의 관점(또는 그 직장이 속해 있는 사회의 관점) 등 두 가지 시각이 존재하며, 매사에 대립하거나 충돌하고 있음을 발견하게 됩니다. 나아가 두 가지 시각의 대립적 의미를 조화시키도록 직장과 직장인 모두가 다 같이 노력해야 할 상생相生의 포인트가 적지 않음을 알게 됩니다.

저는 대학에서 '인사행정론'을 가르치고 있습니다. 정부가 환경의 변화 속에서 어떤 인재를 필요로 하는지, 또 공무원들이 의미 있게 공직생활을 지속하도록 하기 위해 고용주인 정부가 공무원들을 어떻게 관리해가야 하는지를 연구하는 과목이지요. 그럼 공직 사회를 예로 들어 위에서 말한 직업세계를 둘러싼 대립적 의미를 설명해보겠습니다.

예컨대 인사행정의 출발점인 공무원 채용에서부터 개인적 의미와 조직적 의미(또는 사회적 의미)는 크게 충돌합니다. 공무원이 되고 싶은 개개인은 공직시험 준비를 철저히 해 고용 불안 시대에 가장 안정적인 직업을 얻으려고 합니다. 특히 퇴근 시간 준수, 고용 안정성, 두둑한 노후연금 등 공직이 주는 개인적 이득에 크게 관심을 둡니다.

그러다 보니 공직의 사회적 의미인 공공성과 봉사성을 망각한 채 국민에게 오히려 짐이 되는 부정적 행태를 보이는 공무원의 모습이 종종 매스컴에 등장합니다. 채용 과정에서의 정보 불균형과 이익 상충 때문에 이기주의 성향의 사람이 공무원이 되는, 그러나 그를 채용 과정에서 쉽게 여과해낼 수 없는 역선택의 문제가 나올 수 있습니다.

적재적소 원칙을 따라야 할 직무 배치에서도 일과 사람의 궁합 맞추기는 그리 쉽지 않습니다. 즉, 직무 배치를 통한 직장과 직장인의 상생전략은 그 실현이 결코 쉽지 않은 난제 중의 난제입니다. 사람들은 직장이 부여한 일의 내용 숙달과 그것에 요구되는 직무 전문성의 축적보다는 개인의 승진에 유리한 요직, 이른바 꿀 보직을 남보다 먼저 차지하기 위한 보직 경로 밟기 경쟁에 더 혈안이 됩니다.

정적情的 인간주의라는 못된 조직 문화는 상사와의 연줄을 직장생활에서 절대시하게 만드는 등 결과적으로 직무 전문성보다는 조직 내 개개인의 연줄 만들기와 이기적 보직 경쟁을 부추깁니다.

그뿐이겠습니까? 승진제도에서도 직장과 직장인 개개인의 가치 충돌은 여전합니다. 승진한 개인에게는 권한 확대와 보수 인상은 물론 높은 직함에 걸맞은 지위 상징들, 즉 큰 책상, 오피스와 비서가 제공됩니다.

이것들이 '승진의 개인적 의미'라면, 능력 있는 사람이 높은 자리에 올라가 조직 발전에 요구되는 역량을 갖추며 조직의 생산성 제고에 기여하도록 유도하는 점, 또 자기계발에 열중인 사람에게 고난도의 일이 기다리는 자리를 제공함으로써 후배 직원들이 이를 직업상의 도전과 벤치마킹의 본보기로 삼게 하는 점은 '승진의 조직적 의미'로 볼 수 있겠습니다.

문제는 우리가 승진의 조직적 의미에 전제된 직책상의 헌신과 책무감보다는 승진의 개인적 의미에 담긴 달콤한 이득에만 쉽게 포로가 되는 점입니다.

일의 대가로 받는 보수에서도 직장과 직장인의 대립은 여전합니다. 사람들은 조직의 성과에 기여한 정당한 대가로서 보수의 성과급 측면을 균형감 있게 보려 들지 않습니다. 그보다는 각자의 생계비 차원인 생활급, 친구와의 월급봉투를 비교하는 대외 균형급의 각도에서 자기가 받는 보수 수준의 높낮이를 측정하고 그에 따른 불만을 털어놓지요.

공무원의 신분보장도 정치적 외압의 차단이나 공무원이 창의적으로 일하다가 실패해도 책임을 묻지 않는 적극행정의 유도라는 직업상의 사회적 의미보다는, 큰 잘못을 저지르지 않는 한 정년을 보장받는다는 지나치게 개인적 의미로 해석되기 일쑤입니다.

공직이라는 직업의 사회적 의미 차원에서 공무원 신분보장의 탄력적 재해석 필요성이 종종 언급되는 것은 바로 이런 연유에서입니다. 개방형 임용제, 직위공모제, 민간 부문과의 인사 교류 필요성은 공무원의 신분보장을 지나치게 개인적으로 해석하는 종래의 폐해를 제도적으로 보완하고 선의의 경쟁을 유도해내기 위해 나온 공직 사회 나름의 고육책입니다.

그러고 보니 직장에서의 교육 훈련이 새삼 중요해집니다. 직원에 대한 지속적 교육을 통해 직업세계의 개인적 의미와 조직적(사회적) 의미를 상생·조화시킬 수 있도록 직장인들이 개인적으로 그 구체적 실천 방법을 공부할 시간이 필요합니다. 조직과의 상생·조화 필요성을 열심히 사유思惟해 그것을 자신의 직업윤리로 내면화하는 집중적 학습 시간이 필요한 것이지요.

직장인들이 직업세계를 지나치게 개인적 각도에서만 보지 않고 자기 직업의 조직적·사회적 의미도 적극 수용해 조직의 비전에 한 발짝 더 다가가려고 상생의 노력을 할 때, 그런 직업윤리가 조직의 생산성과 연결되어 조직도 번창하고 그 안에서 직장인 개개인들도 내적으로 성장하는 공共진화의 길이 마련될 수 있겠지요.

# 변
# 수

2016

인도의 라자스탄주에 라헨드라 싱이라는 공무원이 있었습니다. 1985년 라자스탄주에 지역 보건공무원으로 부임한 그는 심각한 아동 영양 결핍 상태를 목격한 뒤 그것이 오랜 가뭄의 결과임을 확인하고 기아 대책을 마련했습니다.

그는 연례행사처럼 지속되는 가뭄을 아동 영양 결핍의 주요인으로 보고 식량 증산 방법을 고민했습니다. 그러던 중 농사를 지을 물이 절대적으로 필요하다는 판단 아래, 땅을 오목하게 판 뒤 진흙제방을 쌓아 그 안에 빗물을 모으는 '조하드johad'를 만들기로 했습니다. 조하드는 그 지역에서 13세기부터 농사에 활용해온 토착민들의 물관리방식인데 그것을 복원한 것입니다.

처음엔 사람들의 무시 속에 혼자 작렬하는 뙤약볕 아래서 주말마다 하루 10~12시간 땅을 팠습니다. 이처럼 땅 파기를 3년에 걸쳐 지속하자, 드디어 조하드 하나를 완성할 수 있었습니다. 이후 공무원의 행동에 공감한 주민들의 협조에 힘입어 1년 만에 50개의 조하드를 만들었습니다. 메마른 지하수층을 다시 채우기 위해 제대로 된 수로망을 재건하는 등 자연의 물길을 되찾는 노력도 지속했습니다.

26년이 흐른 지금, 이 지역은 600개의 수원水源을 확보했고, 그 덕분에 지역의 농업 생산성이 크게 증대되어 이 나라 최저 생계비의 3배에 해당하는 농가 소득을 올리고 있습니다.

아동들의 영양실조도 사라졌고, 진종일 멀리서 물을 길어 오는 일을 도맡던 여자들이 학교로 가자 교육의 힘 덕택에 지역의 소득은 더 올라갔습니다.

라헨드라 싱은 용수用水의 민주적 관리와 마을 간 분쟁 극복을 위한 집단관리 체제를 정립하는 데도 노력했습니다. 즉, 집집마다 한 명씩 마을회의에 대표를 파견해 땅에 대한 주민들의 자율적 결정 능력을 강화시켰습니다. 그의 노력 덕분에 마을회의를 통한 지역민주주의 정신과 공동체 의식을 갖출 수 있었습니다.

라헨드라 싱과 마을 주민들은 지역보건소 문을 열고 수많은 약초 재배를 통해 지역 내 식물 다양성도 유지했습니다. 인근의 무리한 광산 개발을 주민들이 나서서 막고, 자연보호구역을 만들어 야생생물보호구역을 선포하는 등 생태계의 지킴이로도 나섰습니다.

반면, 다른 공무원들은 조하드를 무허가 물 공급 장치로 보고 그것을 없애라고 독촉만 했습니다. 그러다가 지역에 물이 넘쳐 강이 되살아났다는 소문을 듣자 이제는 어업세를 걷으려고 했습니다(베네딕트 마니에,《백만 개의 조용한 혁명》참조).

다른 공무원들의 이런 안이한 처사에 대해, 주민들은 거부 의사를 밝히고 세금을 내지 않는 방식으로 저항했습니다. 일종의 시민 불복종이었지요.

우리는 라헨드라 싱이라는 한 공무원이 조용히, 그러나 힘차게 진행해온 일들이 비록 시작은 미미하지만 끝은 창대한 결과를 가져왔음을 눈으로 직접 확인할 수 있습니다. 다른 공무원들의 안이한 탁상행정과는 확연히 대비되는 현장행정의 결실이었습니다.

나라 살림을 맡은 공무원들은 자기 자리만 지켜선 안 됩니다. 무엇보다 공무원은 사랑하는 대상이 많아야 합니다.

주변에 사랑하는 대상이 많아야 사랑하는 사람들의 아픔을 치유해주려고 한 번 더 고민하고 한 발짝 더 움직이게 됩니다. 라헨드라 싱의 출발선에도 그런 사랑의 마음이 컸습니다.

자기가 책임져야 할 대상들을 사랑하는 마음에서 시작하여 그 결실을 맺은 이 사례를 통해 우리는 '사람이 변수'임을 재차 확인해볼 수 있습니다.

어떤 공무원은 기아선상에 허덕이는 아동들의 슬픈 얼굴이 눈에 어른거려 그들의 문제를 해결하겠다는 일념으로 조하드를 만들고 마을을 일으키는 데 앞장섰지만, 어떤 공무원은 조하드를 불법으로 치부해 없애버리려 하거나 어업세를 걷으려고만 혈안이 되었습니다.

공직에 종사하는 이들은 정말 사랑하는 대상이 많아야 합니다. 그러나 한국 공직 사회의 '모시기 문화'를 보면 불행히도 그 사랑의 대상이 자신의 인사권을 쥔 상사에게만 국한된 것은 아닌지 우려됩니다.

라헨드라 싱의 스토리가 우리 공무원들이 낮은 데로 임해 자신을 필요로 하는 사회경제적 약자들의 심정을 헤아리고 그들의 '공적 돌봄자'로서의 자기 소임을 되새기는 작은 계기가 되었으면 합니다.

사람이 사람을 사랑할 때 그 사랑의 폭은 증폭되어 세상의 변화를 만드는 큰 발걸음으로 이어질 것입니다.

# 강
# 요

2017

'나이 50이 넘으면 새로운 선택을 강요받지 않은 사회가 선진 사회
이다.'

우석훈의 책《연봉은 무엇으로 결정되는가》에서 읽은 구절인데, 참
으로 공감이 가는 얘기입니다.

내가 살아남기 위해 남을 쳐내야 하는 냉혹한 경쟁과 단기적 성과
효율만을 지상 가치로 여기는 신자유주의가 우리의 삶을 지배하면서,
평생을 직장인으로 살아오던 멀쩡한 사람들이 타의에 의해 정든 직장
을 떠나 삭풍이 몰아치는 광야로 쫓겨나고 있습니다.

사람은 나이를 먹을수록 그저 익숙한 곳에서 마음의 안온을 구하며
평생 쌓아온 전문성과 경륜을 토대로 자신의 마지막 역량을 불태워야

합니다.

그리고 때가 되면 후배들에게 길을 터주기 위해 박수를 받으며 자진해서 직장을 떠나야 합니다. 촛불이 생명이 다하면 스스로 알아서 꺼지듯이 말이지요.

인도에서는 남자 나이 쉰이 넘으면 숲에 들어가서 생활하는 임서기林棲期라는 것이 있다는데, 사회와의 자발적 단절을 잘 상징하는 말이지요.

그러나 우리네 실상은 순전히 타의에 의해 익숙한 곳에서 내쳐진 채 단지 먹고살기 위해 생판 낯선 곳에서 새벽을 맞이해야 하는 서글픈 사회가 되고 말았습니다.

멀쩡하게 다니던 직장에서 쫓겨나 자영업이라는 거친 광야로 다시 쫓기듯 나가야 하는, 그래서 몸과 마음이 다 아프고 힘겨운 세상살이의 현실에서 우리 모두 자유롭지 못합니다.

나이 먹은 이들에게 자영업이라는 새로운 선택은 큰 모험입니다.

고위험이 고수익을 주는 것이 '위험 감행risk-taking'의 기본 전제이긴 하지만, 나이 먹어 생계를 위해 택해야만 하는 자영업은 고수익보다는 고위험이 더 현실적이어서 귀한 퇴직금마저 날리고 몸과 마음에 병을 얻기가 쉽습니다.

2015년을 기준으로 볼 때, 하루 평균 3천 명이 자영업을 시작하지만 매일 2천 명이 사업을 접어, 결국 3명 중 겨우 1명만이 자영업에서 살아남는다고 합니다.

나이 50이 넘으면 자신의 인생길에서 갈고닦아온 경륜과 전문성에 더해 직업적 일가를 이루도록 응원해주는 사회적 여유와 실질적인 도움 체계가 필요합니다.

먹고살기 위해 새로운 선택을 강요받지 않고, 자기가 가장 잘 알고 가장 잘할 수 있는 그 길 위에서 당당히 뚜벅뚜벅 마지막 걸음까지 최선을 다할 수 있도록 곁에서 응원해주는 사회! 그런 인간에 대한 예의가 있는 사회가 되었으면 합니다.

# 리
# 더

2012

대학원 수업 시간에서 있었던 일입니다. 승진에 대해 설명하던 중 직장에서 높은 자리에 오른 사람들이 필히 갖춰야 할 덕목에 대한 얘기가 나왔습니다. 저는 대학원생들에게 "리더가 되려면 어떤 덕목을 갖춰야 하는가?"라고 질문을 던졌습니다. 그들이 생각을 정리하는 동안, 제가 생각하는 리더의 덕목을 다음과 같이 세 가지로 정리해 먼저 소개했습니다.

첫째, 가이드guide 능력입니다. 이는 조직이 나아가야 할 비전의 제시 혹은 일종의 큰 방향 잡기이지요. 리더의 어원인 리드lead가 바람직한 방향으로 조직 구성원들을 이끈다는 의미인 점에서, 가이드 능력은 리더의 가장 기본적 덕목이라고 생각됩니다.

둘째, 치어링cheering 능력입니다. 조직의 장이 아무리 좋은 방향으로 조직을 이끌어도 하위자들을 강압적으로 다스리는 파쇼 체제하에서는 조직이 건설적 방향으로 나아갈 수 없습니다. '고래도 칭찬하면 춤을 춘다'라고 하지요. 열성을 다하는 하위자들을 다독이고 격려하며 그들에게 자기 발전의 기회를 한껏 배려하는 리더십이 필요합니다.

셋째, 매니지먼트 기술입니다. 리더가 아무리 방향을 잘 잡고 하위자의 등을 어루만져준다고 해도 하위자가 항상 리더의 뜻대로 움직이는 것은 아닙니다. 그들의 작업 목표를 정기 점검하고 잘못은 바로 잡아줘야 합니다. 조직이 움직이려면 많은 자원이 필요하기에 그것을 합리적으로 동원, 배분해 조직의 누수를 막고 조직을 살찌우는 관리자의 역량이 긴요합니다.

리더의 덕목을 이렇게 설명하다가, 그렇다면 '나'는 리더로서의 덕목을 얼마나 갖추고 있는가, 하는 자문이 불쑥 제 입에서 흘러나왔습니다. 막상 제 얘기를 하려니 쑥스러워 잠시 망설였습니다. 그러나 나이가 지긋해 이미 직장에서 리더의 위치에 있는 대학원생들을 상대로 하는 강의인지라, 저를 사례로 들어 위의 덕목들을 점검하며 리더의 올바른 길을 같이 성찰하고 싶은 마음에 용기를 냈습니다. 제 얘기가 그들에게 정면교사正面敎師로서 작용할지, 아니면 반면교사의 생생한 교훈을 줄지는 대학원생들이 판단할 문제라고 생각되었습니다.

저는 먼저 '나'라는 사람은 1주일에 이삼 일은 산이나 숲속에 잠시라도 들어가 있어야 몸과 마음이 깨어나기에, 일상적 조직 점검을 요하는 매니저 역할이 쉽진 않을 것으로 자체 평가했습니다. 대학의 기초 보직인 학과장 정도는 할 수 있지요. 돌발 사안을 제외하면 1주일에 4일 근무하는 압축 근무를 통해 얼마든지 학과를 관리할 수 있으니까요. 그러나 1주일 내내 학교를 지키며 이끌어가야 할 총장 자리엔 잘 안 어울린다고 솔직히 인정했습니다.

저라는 사람은 호불호가 분명해, 좋아하는 사람에겐 잘해주지만 싫어하는 사람을 보면 얼굴부터 경직됩니다. 그들을 애써 다독이며 제가 원하는 방향으로 유도할 만큼 마음이 유하고 행동이 세련되지 못하지요. 그래서 만일 제가 조직의 장이 되면 주관적 기준에 따라 사람을 '호불호'하므로, 하위자들 모두의 전폭적 참여를 전제로 하는 조직 시너지 효과를 치어링을 통해 이끌어내기는 어려울 것이라고 자성自省했습니다.

저의 경우 앞의 두 가지 능력은 모자라지만 가이드 능력은 좀 있다고 조심스럽게 말했습니다. 시대가 요구하는 조직의 비전 제시 능력과 그에 맞춘 조직의 발전 경로를 그려낼 능력은 다른 덕목에 비해 조금 더 갖추었다고 얘기했습니다. 그러나 아무리 방향을 잘 잡아도 하위자를 신명나게 그 방향대로 움직이게 하는 치어링 능력이 반밖에 안 되고 항상 자리를 지키지 못해 일상적 조직 점검이 잘 안 된다면, 하체는 부실한 채 상부 구조만 과잉 발달한 가분수의 조직 운영이 될 우려가 있다고 솔직히 얘기했습니다.

리더의 덕목에 대해 성찰해보자는 취지에서 저를 사례로 얘기했지만, 얘기를 끝내놓고 보니 '괜히 내 얘기를 자세히 했나?' 하는 후회도 살짝 들었습니다. 그러나 대학원생들이 "진솔하게 좋은 말씀을 해주셨다"라고 소감을 전해 다소 위안이 되었습니다. 이후의 대학원 수업은 자연스럽게 이 시대 리더들의 자격 수준을 평가하는 방향으로 진행되었습니다.

지금 우리는 대통령부터 말단 과장까지 수많은 리더를 봅니다. 그러나 그들에게서 위에서 제시한 세 가지 덕목을 모두 발견하긴 어렵습니다. 그들에게 무엇이라도 하나 있으면 다른 것은 아예 없거나 혹은 역방향으로 많이 나가 있음을 보고 분개하고 한숨을 쉬게 됩니다. 문제는 그들의 잘못된 생각과 오판, 또 어설픈 일거수일투족이 우리의 일자리와 월급을 위태롭게 하고, 가장 중요한 일과 시간을 우울하게 만드는 주범이 된다는 점입니다. 그런데도 우리는 그들의 지위 권력을 부정할 수 없는 안타까운 현실에 지배당하고 있습니다.

수업을 계속 진행하면서 저는 승진의 개인적 의미와 조직적 의미를 리더의 덕목과 연관시켜 좀 더 얘기해보았습니다. 직장에서 승진해 리더가 되면 월급이 오르고 권한이 커지며 명함에 한 줄 더 진하게 직함을 새길 기회가 생깁니다. 이런 것들이 승진의 개인적 의미라면, 승진의 조직적 의미는 리더로서의 역량을 갖춘 사람을 조직의 일꾼으로 뽑는 과정입니다. 또 방향 제시, 치어링, 매니지먼트 등의 삼위일체를 갖춘 사람만이 승진해 리더가 된다는 점을 하위자들에게 주지시키고, 그를 벤치마킹의 대상으로 삼아 열심히 실력과 인품을 키우라고 하위자들에게 본보기 모델을 제시하는 순간이기도 합니다.

저는 그런 점에서 승진의 개인적 의미와 조직적 의미는 2 대 8 정도의 가치와 비중을 갖고 운영되는 것이 가장 바람직할 것이라고 얘기했습니다. 즉, 조직의 발전을 위해 승진의 조직적 의미가 4/5 정도 제대로 반영되고, 또 인간인 이상 승진한 리더들의 개인적 보람도 1/5 정도는 맛보게 하면 조직과 개인 모두에게 좋은 결과를 가져오는 포지티브섬게임positive-sum game 상황이 될 거라는 생각을 대학원생들에게 전하고 싶었습니다.

이 시대의 리더가 되고 싶어 열심히 스펙을 짜며 미래를 준비하는 분들은 승진의 개인적 의미와 조직적 의미를 되새기며 리더로서의 덕목을 골고루 갖춰 나갔으면 합니다. 당신의 순간적 판단과 행동 하나하나가 당신으로 인해 영향을 받을 운명에 놓인 수많은 하위자의 얼굴에 그늘이 지게 하고 그들의 하루하루를 삭풍이 몰아치는 광야처럼 만들 수 있기 때문입니다.

대학원 수업 시간에 우연히 터져 나온 저의 부끄러운 사례가 반면교사로 작용해, 조만간 각자의 위치에서 더 높은 리더가 될 대학원생들에게 '쓰지만 몸엔 좋은 약'처럼 작용하길 바랍니다. 그리고 지금도 리더가 되기 위해 스펙 짜기에 열심인 많은 분이 조금 더 겸손하게 리더의 덕목 갖추기에 진심으로 다가가길 기대해봅니다.

자
연

# NATURE

# 자연

2011

고교 시절 저의 과학 과목 점수는 형편없었습니다. 물리, 화학은 정말 공부하기 싫은 과목이었습니다. 운동의 원리나 역학이 잘 이해되지 않았고, 화학원소 외우기는 끔찍했습니다. 그래서 이 두 과목은 우둔한 제 머리를 자책하게 만드는 악질 주범이자 무서운 형벌이었습니다.

어머니가 가끔 저의 사주를 보시면, 사주가 자연과학이나 이공계에서 소질을 발휘할 직업을 갖게 될 것으로 나온다는데, 저는 정말 이 사주 또한 믿을 수 없었습니다.

그러려면 자연과학 과목이 저의 머리를 쥐어뜯게 만드는 혐오 과목이어서는 안 되기 때문입니다. 그래서 공연히 어머니께 "사주 보느라 돈이나 날리신다"라고 싫은 말씀을 드리기도 했습니다.

대학에서의 제 전공은 사회과학이었습니다. 어찌하여 박사 공부까지 사회과학으로 했고, 대학에 자리 잡고도 사회과학인 행정학을 지금까지 가르치고 공부해왔습니다.

그런데 나이 40대 중반에 좀 몸이 불편했습니다. 이곳저곳 병원을 다녔고, 또 병을 고치려고 숲과 산을 열심히 다녔습니다. 아프다는 핑계로 방에 누워 이 책 저 책을 닥치는 대로 읽었습니다.

그때 만난 공부의 세계 중 하나가 생태주의입니다. 물리, 화학 등의 자연과학은 흥미를 느끼지 못했는데, 자연계나 숲속세계의 존재방식에 대한 지식을 소상히 알려주고, 가끔은 생태계의 원리가 인간 사회에 주는 교훈을 은유의 메시지로 던져주는 생태학만큼은 읽을 만했습니다.

자연 생태계의 교훈을 생태주의철학이나 생태문학으로 연결시켜 공부하는 분들의 학문세계에도 우연히 접속하면서, 그런 자연 생태계의 공부를 저의 전공에 접목시켜 응용하면 재미있겠다는 생각이 들었습니다.

지금은 생태주의철학을 전공인 행정학에 접목시켜, 자연 생태계가 인간 사회와 정부 종사자들에게 주는 생태적 가치와 생태적 교훈을, 그간 개발 가치에 사로잡혀온 공무원들의 마음속에 심어주기 위한 방법론을 찾는 공부에 낑낑대고 있습니다.

지금은 '스스로 그러한self-so'이라는 자연自然의 의미를 아주 조금은 이해할 듯합니다. 그리고 인위와 작위로 점철된 저 자신도 자연을 닮아 조금이라도 스스로 그러해지도록, 날마다 자연 공부를 몸으로 하며 살려고 노력 중입니다.

# 야
# 생

2015

숲을 경제적 가치로만 보던 일개 공리주의 산림 공무원에서 벗어나 원시 자연의 보전을 열렬히 주창하는 생태 철학자로 변신한 알도 레오폴드. 그의 평전 제목은 《야생의 푸른 불꽃》입니다.

여기서 야생은 'wildness'를 번역한 말인데요. 야생은 일차적으론 좀 부정적인 느낌으로 다가오지요. 뭔가 거칠고, 어둡고 생경한, 그래서 무섭기조차 한 그런 존재감을 드러내는 느낌입니다.

실제로 이 책에서도 야생의 푸른 불꽃은 우리가 두려워하는 대상인 늑대의 푸른 눈을 가리키지요. 그런데 이 책에선 늑대가 총에 맞아 그 푸른 야생성을 상실하며 점점 죽어가는 과정에서 생태계의 원리에 대한 인간의 깨달음을 강조합니다.

자연 생태계의 일원으로서 야생 자연 속에서 살아가던 늑대가 사람이 쏜 총에 맞아 푸른 불꽃이 이글거리던 그 눈의 당당함을 점차 잃어가며 죽어가는 모습은, 원시 자연의 야생성에 담긴 생태계 원리를 인간이 깨뜨리고 그것으로 야기된 자연의 아픔을 극적으로 상징하지요.

물론 야생성으로 가득 찬 원시 자연은 겉보기엔 아주 거칠고 무서운 곳으로 보일 수도 있습니다. 맹수가 숨어 있다가 갑자기 튀어나와 사람을 해칠 것 같은 깜깜한 밀림 속도 그렇고, 홍수 때 모든 것을 훑으며 마구 쓸어내려 가는 엄청난 굉음의 강물, 또 지진이나 화산 폭발처럼 정든 고향과 삶의 터전을 일거에 쑥대밭으로 만들어버리는 가공할 파괴력을 지닌 야생 자연은 참 무서운 존재이지요.

우리는 이런 원시 자연을 염두에 두기에 야생이라는 말에서 무서움, 생경함 같은 것을 직감합니다. 그러나 이 세상 모든 것이 자체의 원시성과 야생성을 잃고 인간에 의해 인위로 설계되고 작위적으로 운영된다고 생각하면 그것도 참 끔찍한 일입니다. 그리고 가만히 들여다보면 야생 자연에서 배울 점도 많습니다.

야생 자연은 자기 조직화 능력이 있습니다. 자연은 스스로 그러하게自然 질서를 만들어내고 상황의 변화에 자신을 적응시켜 나갑니다. 노자의《도덕경》제8장에 나오는 상선약수上善若水처럼 '물길이 막히면 돌아가고, 장애물이 있으면 비켜가고, 물웅덩이는 채워가면서, 모든 것을 포용하며 바다로 흘러가는' 자연의 환경 적응력, 자기 조직화 능력은 참으로 경이롭습니다.

자연은 그래서 천연의 질서이고, 오랜 세월 동안 자기 조직화를 통해 형성된 가장 완벽하게 질서 잡힌 시스템이지요.

이런 원시 자연에 사람들이 함부로 칼질, 삽질, 도끼질을 해 그 천연의 질서를 무너뜨린다면, 그 결과는 엄청난 파괴력을 지닌 위험의 부메랑이 되어 우리에게 돌아올 것입니다. 예컨대 인간의 작위가 작동해 강을 직강하시키면 그것이 큰 홍수를 조장해 우리 삶의 터전을 순식간에 앗아가는 결과를 초래할 수도 있겠지요.

그런 점에서 야생 자연이 스스로 그러하게 변해가도록 그냥 내버려두는 것이 필요합니다. 즉, 사람의 때가 묻지 않은 야생 자연을 원시상태 그대로 보전하는 것이지요. 우리가 자연 그대로의 질서와 원래 그대로의 흐름을 인정해줘야, 자연이 자기 조직화하는 과정에서 인간의 서식처도 가장 자연스럽게 확보되겠지요.

이제부턴 야생이라는 단어에서 어떤 야만성이나 두려움보다는, 사람들이 원시 자연의 질서를 배우고 그것을 따르게 하는 평생 학습 테마의 장을 떠올려보는 것이 어떨는지요. 사람들도 야생 자연의 자기 조직화를 배워, 인간의 서식지를 포함해 자연 생태계를 지켜나가는 새로운 삶의 방식을 자율적으로 익히는 배움의 시간을 가져보면 좋겠습니다.

그럴 때 사람들 마음속의 인위, 작위, 우격다짐이 줄어들고 자연에 대한 사람들의 자연스런 마음도 늘어나는 계기가 마련되겠지요.

경솔한 행동으로 자연을 함부로 훼손하는 것보다는 '최소 측정 두 번에 정확한 톱질 한 번'으로 우리가 꼭 필요한 만큼만 자연을 제한적으로 이용하는 정교한 생각의 틀도 마련되겠지요. 그럴 때 인간-자연의 공존방식이 조금 더 설득력을 얻어가겠지요.

# 별
내

2015

이곳으로 이사 오기 훨씬 전부터, 아니 이곳이 신도시로 개발되기 시작할 때부터 이곳은 항상 저의 관심사였습니다. 예전에 비닐하우스촌이었던 이곳이 과연 어떤 모습으로 다시 태어날지 참 궁금했습니다.

자생풍수 지리학자 최창조가 경계하는 '천상天上의 지리학'이 늘 그렇듯, 공무원이나 디벨로퍼들이 높은 곳에서 힐끗 한 번 내려다본 뒤 이곳의 지형적·역사적 특성 같은 것은 깡그리 무시하고 그저 집 많이 짓고 차 다니는 길을 일자로 쭉쭉 뽑는 데만 치우치는 그렇고 그런 또 하나의 베드타운이 되지 않을지 살짝 걱정되었습니다.

아니면 '땅 위의 지리학'답게 사람이 땅에 두 발을 딛고 보는 딱 그만큼의 눈높이에서 이곳의 지리적 특성과 역사적 묘미를 최대한 반영하고, 이곳에 들어와 살 사람들의 희망과 정서도 듬뿍 감안하며, 이곳이 사람 사는 멋진 동네로 만들어질 수 있을지 그 결과가 참 궁금했습니다.

별내 신도시가 개발되어 입주를 시작한 지 만 3년이 지난 올봄 드디어 이곳으로 이사 왔습니다. 이곳에 터 잡고 본격적으로 살아보니, 이사하기 전에 주말을 이용해 종종 들러 한두 시간씩 슬쩍 둘러보며 지나쳤던 것과는 또 다른 느낌입니다.

이사 오기 전에는 혹시나 천상의 지리학이 노정한 역기능이 많이 드러날까 우려했는데, 직접 살아보니 땅 위의 지리학적 요소가 도시설계에서 꽤 참고된 것 같아 다행이라는 생각이 들었습니다.

이곳은 동산 등 원래의 자연을 살려낸 녹지가 많고 그것들이 인간의 동네와 비교적 잘 조화를 이루는 듯합니다. 사람의 곁으로 반갑게 찾아온 공원도 많고, 비가 내리는 날 밤엔 공원 여기저기서 개구리 합창 소리도 대단합니다.

1년 뒤면 아담한 크기의 도서관도 문을 열겠지요. 요리의 달인들이 열심히 손 놀려 식감을 자랑하는 팬찮은 맛집도 꽤 있지요. 무엇보다도 젊은 부부가 많이 사는지 아이들 웃음소리가 끊이지 않고, 여기저기서 아가의 귀여운 울음소리도 들려오는 아주 젊은 도시이지요.

이곳을 관류하는 두 개의 실개천인 덕송천, 용암천에는 왜가리, 백로, 오리 등 새들이 봄부터 터를 잡고 지내지요. 지금 천변엔 자주개자리가 빼곡하고 노란 금계국이 화려하네요. 얼마 전엔 노랑창포와 붓꽃들이 천변의 주인 행세를 하더니, 지금은 개망초, 패랭이꽃들도 얼굴을 열심히 내밀며 자기 존재감 드러내기에 치열하지요.

몇 가지 아쉬운 점도 있습니다. 이곳이 좋아 사람들이 많이 터를 잡고 사는데, 시내 전철역까지 연결해주는 버스노선이 조금 부족한 편입니다. 부디 시내 전철역까지 나가는 대중교통 편이 더 늘어서 이곳 사람들이 주중엔 열심히 통근하고 주말이나 저녁엔 이곳 둥지에서 안온한 마음을 누렸으면 합니다.

도시가 본격적으로 개발되기 전의 제 기억으로는 도시 중앙에 위치한 조그만 동산에 여름이면 패랭이꽃, 양귀비 등 야생화가 만발해 군락지를 이루고 있었습니다. 그런데 장마철에 동산의 흙이 쏟아져 내리는 것을 막기 위해 사방 공사 차원에서 싸리나무를 잔뜩 심으면서 천연의 야생화 군락지가 파괴된 점이 못내 아쉽습니다. 인근에 무궁화동산을 조성했지만 몇 년이 지나도 무궁화가 생각보다 만발하지 않는 점도 볼 때마다 눈에 거슬립니다.

조만간 싸리나무동산을 원래의 야생화 군락지로 복원하고(야생화 중 흙 흘러내림 방지 효과가 큰 것들을 우선 고려해봐야겠지요), 무궁화동산도 사시사철 야생화가 혼재하는 꽃동산으로 바뀌었으면 합니다.

무궁화동산 내에 지어져 있지만 몇 년째 제구실을 못하고 있는 무궁화전시관을 약간의 리모델링을 통해 젊은 예술가들의 창작 스튜디오로 개조해 그들의 작품을 정기적으로 전시하는 문화 공간으로 자리 잡게 했으면 합니다.

그러면 그것들이 이 도시의 새로운 자랑거리로 등장하겠지요. 그런 탈바꿈은 이곳의 지리적, 문화 경관적 특성을 지속 가능하게 하는 아주 멋진 지역 사랑의 징표가 될 것입니다.

너무 제 개인적 관점에서만 이곳을 평가하고 재단했는지 모르겠네요. 그렇지만 저는 이곳이 주는 '장소감각sense of place'이 참 좋습니다. 자연과 녹지가 많고 아가들 웃음소리가 가득한 젊은 도시이지요.

어디든 삶의 불편한 요소는 다 있지요. 부디 위에서 살펴본 몇몇 불편 요소가 조속히 해결되어 이곳이 이 풍진 세상 힘겹게 살아가는 많은 사람의 따뜻한 보금자리가 되었으면 하는 바람입니다.

# 적
# 소

2016

    어디를 방문하면 유난히 마음이 안온해지고 몸과 마음이 일시에 깨어나는 듯한 느낌을 주는 곳이 있습니다. 우리는 자신의 성향이나 느낌에 딱 맞는 장소를 발견하면, 그곳을 좋아하며 자꾸 찾아갑니다.

    반면 남들이 다 좋다는 관광지나 음식점에 가도 왠지 그 장소가 주는 말 못할 불편함 때문에 그곳에 대한 저항감이 생기는 경우도 많습니다. 남들이 아무리 좋다고 해도 나에겐 잘 안 맞는 곳이 있게 마련입니다.

    한 생명에게는 그가 살기에 적합한 맞춤형 장소가 있습니다. 그는 그곳에서 마음이 평안해집니다. 그래서 입가에는 늘 미소가 그려지고, 그곳에서 그는 자신의 잠재력을 충분히 끌어올릴 수 있습니다.

    그에게 그런 곳은 일종의 생태적 적소適所라고 할 수 있습니다. '나'

라는 한 생명체가 살기에 최적화된 그런 장소입니다.

생태적 적소에선 온 생명의 그물망에 나를 접속시킬 수 있는 영성靈性이 생깁니다. 내가 그곳의 일부가 되어 그곳이 주는 땅의 힘을 감사히 받고, 나도 그곳에 서식하는 모든 생명에게 작으나마 힘을 보탤 수 있도록 생태계의 시민으로서 열심히 참여하려 합니다.

그렇기에 장소애愛가 생깁니다. 그곳을 사랑하고 열심히 지키려고 합니다. 우리는 뭔가를 사랑하면 사랑하는 대상의 존재 환경을 지켜 주려고 몸과 마음을 다하지요.

그곳에서 자신의 잠재력을 다해 자신과 서식지가 공존할 수 있는 길을 만들려고도 합니다. 그 장소에서 힘껏 살아내며 나에게 의미 충만한 기억의 저장고도 만듭니다. 그 기억 저장고에서 기억 한 자락씩 꺼내어 지친 삶에 활력소로 삼기도 합니다.

저에게는 지금 살고 있는 동네가 그런 생태적 적소인 것 같습니다. 아파트 앞과 옆에 근린공원이 있습니다. 삶에 지치면 아파트 문을 밀치고 나가 몇 발짝 걸으면 쉽게 자연의 품에 안길 수 있습니다.

걸어서 13분 거리에 조그만 주말 텃밭이 있습니다. 그곳에서 잡념 없이 두 시간 땀 흘리면 땅은 맛난 채소를 듬뿍 선물해줍니다. 걸어서 15분 거리에 산 진입로가 있고, 또 걸어서 15분 거리에 생태하천이 있어 왜가리, 백로, 오리 등 새들의 비행을 구경하며 산책할 수 있습니다. 신도시의 큰 생태축 세 개가 주는 자연의 가치를 마음껏 향유할 수 있습니다.

한 달 뒤면 인근공원 안에 뒤늦게나마 공공도서관도 개관합니다.

이제 굳이 먼 곳까지 차 끌고 가서 책 빌리는 수고로움도 덜게 되었습니다.

저에겐 맞춤형 생태적 적소인 이곳의 자연과 문화가 주는 자양분을 소중히 여기며, 제가 사는 이 동네를 더 많은 사람이 생태적 적소로 느끼며 즐길 수 있는 멋진 곳으로 만드는 데 작으나마 힘을 보태고자 합니다. 생태적 적소의 대중화, 일반화를 위해, 이곳을 생태-문화 도시로 만들기 위한 지식 체계와 실천전략을 마련하는 데 진력해볼 생각입니다.

# 이
# 해

**2014**

남북전쟁 당시 북아메리카 원주민들과 미 육군 중위의 우정과 사랑 얘기를 다룬 영화 〈늑대와 춤을〉에서, 미군 중위로 분한 케빈 코스트너에게 인디언 수Sioux족이 전하는 극중 대사가 참 인상적으로 다가옵니다.

"Tell me, and I'll forget. Show me, and I'll remember. Involve me, and I'll understand."

진정성 없이 내뱉는 말은 상대방의 가슴에 하나도 와 닿지 않지만, 상대와 함께하려고 진심을 다해 접근하면, 비로소 서로의 마음 높이가 맞게 된다는 뜻입니다.

위의 말은 대륙의 주인인 북아메리카 원주민들이 유럽에서 건너온 새로운 이주민들이 자행한 오만방자한 자연 파괴와 잔혹한 인디언 말살사를 넌지시 꾸짖으며, 이주민이 원주민과 친해지며 서로 공생할 수 있는 방법을 압축한 말인 것 같습니다.

누군가를 이해하고 눈높이를 맞추려면, 계단 한두 칸을 내려서야 under + stand 합니다. 그러면 그와 눈높이는 물론 마음의 높이도 맞게 됩니다.

누군가를 이해하기 위해 한두 계단 내려서는 것은 누군가와의 관계 맺기에서 참 쉬운 전략입니다. 그런데도 왜 우리는 높은 곳만 쳐다보고 아래로 눈길을 주는 것에 그리도 인색한지 모르겠습니다. 또 아래로부터의 간절한 시선은 왜 애써 외면하려고 하는지요?

계단 한두 개 정도 내려서는 것은 인간들 사이에서만 성립되는 혹은 인간 중심적 세계에서만 존재하는 말도 아닙니다. 자연과의 공생을 위해서 우리가 한 번쯤 명심하고 몸으로 실천해야 할 덕목이기도 합니다.

저도 처음 사진을 찍기 시작했을 땐 그저 경치 좋고 보기에 예쁜 것들만 골라 찍었습니다. 그런데 좋은 것도 자꾸 찍다 보니 싫증이 났습니다. 그래서 다른 것을 찍어보자는 마음을 먹으면서 항상 위와 앞만 쳐다보던 눈을 슬며시 아래쪽으로 돌렸습니다. 그러니 길가 모퉁이의 야생화와 풀들이 보이기 시작했습니다.

산행을 마치고 산을 내려오던 어느 날 오후, 험한 돌계단을 내려오자니 제 눈은 자연히 발끝을 향하게 되었습니다. 그런데 돌계단 위에 놓인 부러진 나뭇가지들 위로 까만 점 같은 것들이 오가는 것이 눈에 어른거렸습니다.

허리를 굽혀 그것들을 가까이서 보니 개미라는 놈들이 부지런히 나뭇가지 위에서 움직이고 있었습니다. 그때 불현듯 떠오른 생각 하나!

'아! 이것은 개미 고속도로이구나. 개미들도 먹고 살기 위해서 혹은 멋진 곳에 유람 가기 위해 그들만의 고속도로가 필요하겠구나!'

그때부터 마음속으로 조용히 다짐한 것이 하나 있습니다. 앞으론 발걸음 조심해야겠다는 것입니다. 행여나 저의 덧없는 발걸음으로 인해 미물일지라도 생명체의 헛된 죽음이 있어선 안 되겠다는 생각이 들었습니다.

지금까지 하찮은 것으로 여겨왔지만 허리를 굽히거나 무릎을 구부려 세상 미물들에게 눈을 맞출 때, 우리는 무자비한 개발 광풍 앞에서 제 목숨을 앗기는 수많은 생명을 대변하는 생태적 대리인이 될 수 있습니다. 내 고장의 자연과 우리 아이들의 삶의 터전을 지켜내는 생태 지킴이로서도 발걸음을 내딛을 수 있겠습니다.

결국 매사 한두 계단 내려서는 우리의 겸손한 마음과 이해심은 인간세계의 공생, 협력은 물론 자연과의 올바른 관계 맺기를 위한 숭고하면서도 손쉬운 전략입니다.

# 숲
# 속

2012

숲에 들어가면 찌뿌둥했던 몸이 금방 깨어나고, 심란했던 마음도 어느새 평온을 되찾습니다. 그래서인지 사람의 육체적, 정신적 병을 치유하기 위해 숲의 치유 효과를 활용한 그린 힐링 기법이 개발되고 있습니다.

숲은 이런 웰빙적 가치 이상의 선물을 우리에게 주는데요. 저는 그 중에서도 숲속 생물들의 존재방식이 사람이 살아가는 데 응용해볼 만한 '생태적 가치'를 듬뿍 전해준다는 점을 차윤정, 우종영, 이도원, 이성규 등 생태주의자들의 견해를 참고해 강조해보고 싶습니다.

자연계를 상징하는 숲속의 나무, 풀 들은 생장 공간과 햇빛 등의 광합성 자원을 놓고 서로 치열하게 '선의의 경쟁'을 벌인다고 합니다. 그러나 식물들은 지나친 출혈 경쟁은 피하고 자신의 생명과 안전을 지키기 위해 서로의 성장 시기를 달리하며 햇빛에 대한 각자의 욕구를 분산시키는 '차별화전략'도 슬기롭게 펼친다고 합니다.

숲속 사회의 최고 덕목은 '공생, 협력'의 정신이지요. 예컨대 노간주나무는 나무가 자라기 어려운 바위나 돌 틈에도 뿌리를 내리는데, 그러면 진달래 씨가 그곳에 날아 들어와 예쁜 꽃을 피웁니다. 숲에서는 낙엽 혹은 죽은 나무들조차 벌레와 새들이 살아가는 데 없어선 안 될 자원이자 식물 자신들의 생장 조건으로 공동 활용된다고 합니다.

숲속의 나무는 대개 한곳에 뿌리를 내리면 그곳을 숙명으로 받아들이며 자신의 삶을 적응해갑니다. 예컨대 곡지曲枝는 나뭇가지나 줄기의 휨 현상을 말하는데, 이는 햇빛을 조금이라도 더 받기 위해 나무가 남긴 '환경 적응'의 흔적이라고 합니다.

숲속 나무들은 늦가을이 되어 영양분이 부족하면 에너지 낭비를 막기 위해 스스로 잎이나 아래가지를 떨구어낸다고 합니다. 우리는 나무의 이런 '자율적 구조조정'의 또 다른 예로, 연리지連理枝 현상을 들 수 있습니다.

연리지는 인근의 두 나무가 다 병충해를 이겨내지 못하면 병들어 죽기 전에 서로 달라붙어 한 몸이 된 뒤 혼자일 때보다도 더 거대한 나무로 성장합니다. 이는 병충해 등 외부의 재해를 이겨내려는 나무들의 필사적 노력의 결과물입니다.

식물들은 열악한 환경에 적응하기 위해 특이한 외모도 갖춥니다. 나도개미자리, 괭이눈 등 키 작은 식물들은 서로 뭉쳐서 예쁜 돔 모양을 만드는데, 이는 열악한 환경에 공동 대응해 바람의 피해를 최소화하고 자체 밀집密集으로 인한 보온 효과를 통해 냉해를 극복하려는 그들 나름의 '자생적 생존전략'이라고 합니다.

식물은 표고標高가 높아질수록 강풍과 추위에서 살아남기 위해 키를 낮춘다고 합니다. 반면, 뿌리는 길어지게 하지요. 식물들은 뿌리를 멀리 뻗어 물 있는 곳을 찾기 위한 에너지를 보존하기 위해 줄기를 줄여 키는 작아지게 하는 대신 뿌리는 멀리까지 뻗는 '환경 개척'의 방법을 발견해낸 것입니다.

식물은 꽃가루받이에 도움이 되는 곤충들을 유혹하기 위해, 뛰어난 '정보 처리 및 소통 능력'도 갖고 있다고 합니다. 일례로 난초과의 한 식물은 수파리를 꾀기 위해 암파리와 같은 색의 꽃잎을 피웁니다. 달맞이꽃은 밤나방을 유혹하기 위해 하얗게 피어나 황혼 무렵엔 더욱 강한 향기를 풍기기도 합니다. 이는 자신들의 위치를 곤충에게 알리는 일종의 정보 게시판이지요.

지금까지 살펴본 숲의 존재방식은 식물세계가 자연 속의 고난을 이겨내며 스스로 이루어낸 다양한 생존법입니다. 생태주의자들은 인간 역시 자연계의 한 부분이므로, 인간 사회가 안고 있는 많은 문제의 적지 않은 해답을 수십억 년 동안 진행된 진화의 산물인 자연 생태계의 이런 비법wild solution에서 찾을 수 있다고 강조합니다.

자본주의의 냉혹한 경쟁 속에서 우리가 살기 위해 꼭 필요로 하는 덕목인 공생, 협력의 정신, 환경 적응력, 자율적 구조조정력, 자생적 생존력, 소통 능력 등은 이미 자연 속에서는 오랫동안 실천되어온 생

태계의 지혜입니다.

우리는 이를 '생태적 가치'로 명명하고 낮은 데로 임해 한껏 배우면서 인간 사회의 생태 친화적 재구성, 즉 사회 전체의 생태적 전환에 한껏 응용해보아야 할 것 같습니다.

배우고자 마음을 먹으면 우리의 스승은 어디에나 있습니다. 공자는 제자에게도 배웠고, 때론 아이의 순진한 눈망울과 거짓 없는 마음에서 어른들이 배울 것도 적지 않습니다.

'가까운 곳에 진리가 있다'는 얘기는 정말 맞는 말입니다. 우리가 낮은 데로 임한다면, 자연 속 생명체들의 삶 속에서도 배울 것이 무궁무진합니다.

# 탐
# 욕

2015

서구철학의 오랜 전통 속에서 도덕적 배려의 대상 혹은 윤리적 경계는 인간세계에 일치해왔고, 그 외의 것은 타자로서 어떤 권리나 도덕적 지위를 쉽게 인정받지 못했습니다.

'윤리적 행동이 가능한 자만이 도덕적 배려의 대상이 될 수 있다'라는 윤리의 대칭성은 오랜 시간 동안 윤리의 황금률이었습니다. 그래서 도덕 행위를 할 수 있는 사람만이 도덕적 배려를 받을 가치가 있다고 여겨왔습니다. 자연은 근대 이전까진 단순한 사물 혹은 객체로서 윤리적 관심 밖에 놓인, 도덕적으로 비어 있는 부정적 공간이었습니다.

그러나 이제 우리가 사랑하고 배려해야 할 대상은 자연에까지 확장되어야 합니다. 어차피 사람들이 힘들고 지쳐서 서로 기대다가 둘 다

힘들고 지치면 마지막으로 기댈 곳은 자연밖에 없으니까요. 쉴 휴休자가 바로 사람이 나무 기둥에 등을 기댄 자세 아닌가요.

녹색 댐, 방음벽, 에너지 보물창고, 그린 SOC 등등 숲으로 표징되는 자연은 사람들에게 다양한 혜택을 듬뿍 줍니다. 진자리 마른자리 가리지 않고 하해河海와 같은 넓은 마음으로 우리를 품고 베푸시는 어머니 같은 존재이지요. 그래서 어머니 지구입니다. 그러나 우리는 눈앞의 단기적 개발 이익 때문에 어머니 지구를 마구 괴롭히는 탕아가 됩니다.

영화 〈자이언트〉에서 텍사스의 황무지 땅을 개간하다가 땅에서 검은 원유가 분수처럼 솟아오르자 석유로 블랙 샤워를 하며 부자가 되었음을 한껏 과시하는 주인공 제트 링크(제임스 딘 분)의 두 팔 벌린 환희의 자세를 떠올려보시지요.

인간의 욕망이 자본주의 물질문명을 잉태했지만 그 끝없는 욕망이 자연을 정복의 대상, 개발의 대상으로 전락시키는 엄청난 탐욕 구조를 만들어버렸습니다.

땅의 사적 소유 및 그에 기반한 탐욕스런 개발 이익의 추구는 지금도 이 땅에서 계속 자행됩니다. 우리는 미분양 아파트가 산더미처럼 쌓여 가지만 계속 아파트를 지어댑니다. 생태경제학자 우석훈에 의하면 '토건자본은 이미 강은 손을 봤고 일거리를 찾아 땅속 터널을 파거나 다시 산으로, 또 섬으로 개발의 대상을 확장해나갈 것'으로 전망합니다.

일찍이 프랑스의 작가이자 외교관인 샤토브리앙은 '문명 앞에 숲이 있고 문명 뒤엔 사막만이 남는다'라고 예언했는데, 이 말은 이미 현실이 되었습니다. 영화 〈남쪽으로 튀어〉에서 보듯, 국가의 부당한 침해가 싫어 남쪽 섬으로 피해간 아나키스트 주인공 최해갑 가족은 그 섬마저 난개발의 대상이 되어 자본의 입김이 밀려오는 슬픈 현실을 목도하게 되지요.

인간의 부단한 탐욕과 잔인한 자연 파괴가 도를 넘어서자 어머니 지구는 버텨내지 못합니다. 어머니의 눈물이 홍수가 되고 앙상한 가슴엔 가뭄이 듭니다. 그 깊은 한숨이 엘리뇨에 따른 슈퍼 태풍으로 밀려옵니다. 어머니의 육신이 다 닳으면 거친 자갈 사막만이 남습니다.

그럼에도 우리 인간은 기후변화 등 자연이 인간에게 대반격을 가하는 것을 못마땅해합니다. 그리고 홍수 등 자연의 몸부림을 여전히 두려움과 공포의 대상으로 폄하합니다. 이는 전혀 정직하지 못하고 진실을 상당히 왜곡하는 짓이지요. 왜냐하면 자연이 우리에게 해코지를 하는 것이 아니라 우리를 보듬은 어머니 자연을 우리 스스로가 배신하고 괴롭혀서 어머니의 심신이 날로 피폐해진 결과가 기후변화, 홍수, 가뭄, 사막화로 나타난 것뿐이니까요.

우리가 던진 탐욕의 부메랑이 위험의 부메랑이 되어 돌아옵니다. 이런 자업자득의 결과를 치유하기 위해선, '이제 인간이 자연을 어떻게 대해야 하는가?' 하는 숙제가 남습니다.

여기서 생태주의적 사유가 요구됩니다. 우리 인간의 태생적 기반이 어디인지? 즉, 우리는 어머니 뱃속에서 나왔지만 그 궁극은 자연임을, 또 세상 만물은 하나로 연결되어 있음을 다시 한 번 진지하게 느껴보는 것입니다. 또 생태적 전일숲_성 속에서 인간의 태생적 기반이 자연임을, 즉 자연 속에서 인간의 생태적 배태성을 찾아내는 것입니다.

인간인 'human'과 땅인 'humus'의 어원이 같고, 인간의 본성nature이 자연Nature의 이치, 즉 스스로 그러함self-so에 일치함을 이해해야 하는 것입니다. 그래서 오만한 인간의 존재가치 때문에 자연의 본래가치를 업신여기는 소아self에서 벗어나 인간-자연의 공존과 공생 관계를 존중하고 자연을 함부로 다루지 않는 큰 self가 되어가는 과정이 필요합니다.

자연에 대한 이러한 존중과 사랑의 과정이 전제되면 우리는 낮은 데로 임할 수 있습니다. 즉, 생태계의 보스 자리에서 스스로 내려와 생태계의 일원으로서 제자리를 찾아갈 수 있습니다. 생태계의 시민으로서의 권리에 상응하는 생태인이 지켜야 할 까다로운 책무에 대해서도 동의할 수 있게 됩니다. 정현종 시인의 시구처럼 '짐승스런 편리보다는 사람다운 불편'을 기꺼이 감수할 수 있겠지요.

우리가 태생적 기반인 자연에 대한 생태학적 이해에 의거해 자연에 대한 부정적 손길을 거두고 사랑의 마음으로 다가갈 때, 자연은 우리에게 더 많은 베풂을 줄 것입니다. 돌아온 탕자인 우리도 자연의 베풂과 사랑 속에서 조금씩 철이 들겠지요.

허구한 날 땅에 머리를 박고 진종일 모이를 쪼아대는 닭이 아니라, 배부르면 눈앞에 맛난 사냥거리가 아무리 어른거려도 미동도 하지 않는 사자 같은 절제된 행동에 가까워지겠지요. 그럴 때 난개발보다는 꼭 필요한 개발만 하겠지요. 나아가 원시 상태의 자연을 있는 그대로 보전하기 시작하고 환경 파괴 현장을 원상회복시키는 자연 복원에도 발 벗고 나서겠지요.

이제 긴 개발 여행을 접고 새로운 여행길, 생태 여행 기차에 오를 시간입니다. 원유로 블랙샤워를 하며 부자가 되었음을 자랑하는 제트링크보다는, 국가의 침해를 피해 피신 온 남쪽 섬에서조차 난개발이 자행되는 현실에 온몸으로 저항하는 최해갑이 되어야 합니다.

우리가 생태주의적 사유 속에서 인간의 생태적 배태성을 인식할 때, 우리는 자연의 연인이 되어 누가 시키지 않아도 자신이 사랑하는 대상인 자연의 아픔을 대변하고 치유하기 위해 발 벗고 나서는 생태적 대리인으로 거듭날 것입니다.

# 교
# 란

2017

100년 전 백열등이 등장하면서 사람들은 한 시간씩 덜 자게 되었다고 합니다.

잠을 강요하는 칠흑 같은 어둠을 거둬내는 대낮같이 훤한 백열등 불빛 아래서 사람들은 들뜬 마음으로 잠자리를 박차고 뛰쳐나왔습니다.

사람들은 잠을 줄이며 땅과 강을 파헤쳤습니다. 건물도 높이 짓고, 찻길도 일자로 뻥뻥 뚫어댔지요.

덕분에 지난 100년간의 고밀도 개발로 인해 서울의 온도는 2.4도나 상승했다고 합니다.

전깃불을 더 켜대니 도시는 더워지고, 잠을 덜 자는 동안 더 생산하고 더 소비하니, 땅에 대한 과過첨가와 지나친 철회로 인해, 사람들의 서식처인 자연의 질서가 붕괴되면서 생태계 교란이 일어나고 말았습니다.

문명의 이기와 개발 이익의 유혹이라는 근대성의 외삽으로 인해 우리 인간의 본성마저 위협을 당하고 있습니다.

돈을 더 벌고 소비를 더 많이 해도 삶에 쉽게 만족하지 못하고, 자꾸 뭔가를 더 생산하고 그러기 위해 덜 자려고만 합니다.

그 와중에 한때 생태계 교란의 주범이었던 사람들이 이제 생태계 교란의 가장 큰 피해자가 되고 말았습니다.

위험의 부메랑이 전방위에 걸쳐 우리에게 돌아오고 만 것입니다.

우리는 이제 어떤 부메랑을 던져야 할까요?

"미쳐야 미친다"라며 성장 고속도로를 맹목적으로 달리던 그간의 불광불급不狂不及에 브레이크를 걸어야 합니다.

과유불급할 줄 알아야 합니다. 덜 쓰고 덜 버려야 합니다.

잠은 덜 자더라도, 백열등 불빛 말고 다른 곳을 볼 줄 알아야 합니다.

자연의 별을 보고 숲속의 것들을 탐구하며 자연 속에 더 머물러 있어야 합니다.

자연을 닮아야 합니다.

그럴 때 교란에서 벗어나 삶의 정상성을 되찾을 수 있습니다.

나
무
II

2016

　나무 이름 중에는 참 재미난 것들이 많습니다. 불 속에 던져 넣으면
꽝꽝 소리를 내며 타들어간다고 해서 꽝꽝나무라고 이름 붙여진 나무
도 있습니다. 자작나무라는 놈은 불 속에서 자작자작 소리를 내며 타
들어간다고 해서 그런 이름이 붙여졌다고 합니다. 어떤 나무들은 먼
데서 봐야만 멋지게 보인다고 해서 먼나무라는 이름을 얻었다고 합
니다. 오리나무는 옛사람들이 이정표로 쓰기 위해 오리마다 심어놓은
데서 그 독특한 이름이 붙여졌지요(이상은 식목일에 차를 운전하며 라디오
에서 들은 얘기를 기억해본 것입니다).

　나무 이름 중 최고는 역시 '아낌없이 주는 나무'이지요. 바로 아낌없
이 주는 데에 나무의 최고 덕목이 있습니다.

한 가지 예를 들어보면, 한여름에 나무는 우리에게 시원한 그늘을 제공해줍니다. 그래서 우리는 나무에 기대어 잠시나마 달콤한 휴식을 취할 수 있지요.

거듭 말하지만 사람이 나무에 기대어 앉아 있는 '휴休' 자가 딱 그 모양새이지요.

실제로 나무라는 놈들이 모여 만들어진 숲은 사람들을 위해 참 좋은 일 많이 하지요. 숲은 녹색 댐으로 홍수와 가뭄을 막아주고, 그린 샤워로 우리의 몸을 상쾌하게 해줍니다.

나무들이 사는 숲은 앞의 '숲속' 생태적 가치에서 살펴본 것처럼 철학, 자연과학, 인문사회과학적 지혜를 조목조목 가르쳐주는 종합대학이자 우리의 병든 몸과 지친 마음을 치유해주는 종합병원 역할을 합니다. 숲속의 나무들은 이처럼 사람들에게 이로운 숱한 순기능적 가치들을 갖고 있지요.

숲속 나무들은 살아서는 물론 죽어서도 좋은 일을 많이 하지요. 일생을 다하고 죽어 쓰러진 고목은 작은 풀들과 이끼 등 지의식물, 설치류 등 작은 짐승과 벌레들의 따뜻한 보금자리가 됩니다.

죽어서까지도 다른 생명들을 위해 이렇게 헌신하는 모습을 '나무의 사회적 상속'이라고도 합니다.

반면, 사람들은 일평생 모은 재산과 집을 자기 자식에게만 물려주려고 혈안입니다. 월드 클래스 컴퍼니라고 자칭하는 국내 굴지의 재벌도 수단 방법을 가리지 않고 자녀 상속에 '올인'합니다.

돈과 권력을 장악한 세상의 강자들 눈엔 자기 자식의 처지만 들어

오나 봅니다. 같은 땅에서 더 힘겹게 살아가는 다른 집 청년들의 슬픔과 배고픔은 아예 안중에도 없는 듯, 청년 일자리 제공을 위한 사회적 합의와 고용 창출 노력엔 나 몰라라 합니다.

'기브 앤드 테이크give & take'라는 말에서 보듯, 받음은 일단 주는 것을 전제로 합니다. 아니, 누군가에게 뭘 주었기에 비로소 나도 받을 수 있는 것입니다. 그렇기에 나눔과 연대가 우리 삶의 정답입니다.

경제의 영어 단어 'economics'의 어원인 'oikonomia' 중 관리를 뜻하는 'nomia'는 나눈다는 뜻의 그리스어 동사 'nemo'에서 유래되었다고 합니다. 그렇다면 경제의 본질에는 원래 나눔의 기능이 깊게 내재되었다고 볼 수 있습니다.

공동체로 번역되는 'community'는 'com-mun-ity', 즉 서로가 선물을 나누는 관계를 뜻합니다. 따라서 강수돌은 그의 책《시속 12킬로미터의 행복》에서 '따로 또 같이' 존재하며 선물을 서로 나누는 공동체를 만드는 것이 우리 삶의 미션이라고 강조합니다.

결국 나는 받기만 해도 되는 존재가 아닙니다. 우리 모두가 서로 나누는 관계의 회복, 특히 상대가 곤궁에 처해 있을 때 그의 삶에 대한 나의 책임을 연대하려는 관계론의 지혜를 익혀야 합니다.

강판권이 쓴《선비가 사랑한 나무》에서 보듯, 옛 선인들은 그래서 간절히 묻되 가까운 것부터 생각해 나아가는 근사近思의 대상으로 나무를 중시했던 것 같습니다.

기브 앤드 테이크가 상식으로 통용되는 공동체적 삶의 지혜를 나무의 사회적 상속 과정에서 배워보는 것은 어떨는지요? 그것을 위해 주

변의 나무 한 그루를 친구로 삼아 매일 오가는 길에 그를 벗하며 아낌
없이 주는 나무들의 속 깊은 얘기에 귀 기울여볼까요?

사유
思惟

초판 1쇄 인쇄 2017년 6월 26일
초판 1쇄 발행 2017년 6월 30일

지은이 | 이도형
펴낸이 | 전영화
펴낸곳 | 다연
주   소 | (413-120) 경기도 파주시 문발로 115 세종출판벤처타운 404호
전   화 | 070-8700-8767
팩   스 | 031-814-8769
이메일 | dayeonbook@naver.com
편   집 | 미토스
디자인 | 디자인 [연:우]

ⓒ 이도형

ISBN 979-11-87962-24-3 (03810)

이 도서의 국립중앙도서관 출판예정도서목록(CIP)은 서지정보유통지원시스템 홈페이지
(http://seoji.nl.go.kr)와 국가자료공동목록시스템(http://www.nl.go.kr/kolisnet)에서 이
용하실 수 있습니다. (CIP제어번호 : CIP2017014436)